MAIGRET E

Georges Simenon, écrivai
Liège en 1903. Il décide
lorsqu'il devient journali
chargé des faits divers puis des billets d'humeur consacrés aux rumeurs de sa ville. Son premier roman, signé sous le pseudonyme de Georges Sim, paraît en 1921 : *Au pont des Arches, petite histoire liégeoise*. En 1922, il s'installe à Paris avec son épouse peintre Régine Renchon, et apprend alors son métier en écrivant des contes et des romans-feuilletons dans tous les genres : policier, érotique, mélo, etc. Près de deux cents romans parus entre 1923 et 1933, un bon millier de contes, et de très nombreux articles...

En 1929, Simenon rédige son premier Maigret qui a pour titre : *Pietr le Letton*. Lancé par les éditions Fayard en 1931, le commissaire Maigret devient vite un personnage très populaire. Simenon écrira en tout soixante-douze aventures de Maigret (ainsi que plusieurs recueils de nouvelles) jusqu'à *Maigret et Monsieur Charles,* en 1972.

Peu de temps après, Simenon commence à écrire ce qu'il appellera ses « romans-romans » ou ses « romans durs » : plus de cent dix titres, du *Relais d'Alsace* paru en 1931 aux *Innocents*, en 1972, en passant par ses ouvrages les plus connus : *La Maison du canal* (1933), *L'homme qui regardait passer les trains* (1938), *Le Bourgmestre de Fumes* (1939), *Les Inconnus dans la maison* (1940), *Trois Chambres à Manhattan* (1946), *Lettre à mon juge* (1947), *La neige était sale* (1948), *Les Anneaux de Bicêtre* (1963), etc. Parallèlement à cette activité littéraire foisonnante, il voyage beaucoup, quitte Paris, s'installe dans les Charentes, puis en Vendée pendant la Seconde Guerre mondiale. En 1945, il quitte l'Europe et vivra aux Etats-Unis pendant dix ans ; il y épouse Denyse Ouimet. Il regagne ensuite la France et s'installe définitivement en Suisse. En 1972, il décide de cesser d'écrire. Muni d'un magnétophone, il se consacre alors à ses vingt-deux *Dictées*, puis, après le suicide de sa fille Marie-Jo, rédige ses gigantesques *Mémoires intimes* (1981).

Simenon s'est éteint à Lausanne en 1989. Beaucoup de ses romans ont été adaptés au cinéma et à la télévision.

Paru dans Le Livre de Poche :

L'Affaire Saint-Fiacre
L'Ami d'enfance de Maigret
L'Amie de Madame Maigret
Au Rendez-Vous des Terre-Neuvas
Le Charretier de la Providence
Le Chien jaune
La Colère de Maigret
La Folle de Maigret
Maigret à New York
Maigret à Vichy
Maigret au Picratt's
Maigret aux assises
Maigret chez le coroner
Maigret en meublé
Maigret et l'affaire Nahour
Maigret et son mort
Maigret et l'indicateur
Maigret et la Grande Perche
Maigret et la vieille dame
Maigret et le clochard
Maigret et le corps sans tête
Maigret et le marchand de vin
Maigret et le tueur
Maigret et Monsieur Charles
Maigret hésite
Maigret se trompe
Maigret tend un piège
Les Mémoires de Maigret
Mon ami Maigret
La Patience de Maigret
Pietr le Letton
La Première Enquête de Maigret
Les Scrupules de Maigret
La Tête d'un homme
Une confidence de Maigret
Les Vacances de Maigret
Le Voleur de Maigret

SIMENON

Maigret et l'homme du banc

LES PRESSES DE LA CITÉ

ACC. No: 02720764

© 1952. Administration de l'œuvre de Georges Simenon SA,
tous droits réservés.

1

Les souliers jaunes

Pour Maigret, la date était facile à retenir, à cause de l'anniversaire de sa belle-sœur, le 19 octobre. Et c'était un lundi, il devait s'en souvenir aussi, parce qu'il est admis au Quai des Orfèvres que les gens se font rarement assassiner le lundi. Enfin, c'était la première enquête, cette année-là, à avoir un goût d'hiver.

Il avait plu tout le dimanche, une pluie froide et fine, les toits et les pavés étaient d'un noir luisant, et un brouillard jaunâtre semblait s'insinuer par les interstices des fenêtres, à tel point que Mme Maigret avait dit :

— Il faudra que je pense à faire placer des bourrelets.

Depuis cinq ans au moins, chaque automne, Maigret promettait d'en poser le prochain dimanche.

— Tu ferais mieux de mettre ton gros pardessus.

— Où est-il ?

— Je vais le chercher.

A huit heures et demie, on gardait encore de la lumière dans les appartements, et le pardessus de Maigret sentait la naphtaline.

Il ne plut pas de la journée. Tout au moins n'y eut-il pas de pluie visible, mais les pavés restaient mouillés, plus gras à mesure que la foule les piétinait. Puis, vers quatre heures de l'après-midi, un peu avant que la nuit tombe, la même brume jaunâtre que le matin était descendue sur Paris, brouillant la lumière des lampadaires et des étalages.

Ni Lucas, ni Janvier, ni le petit Lapointe ne se trouvaient au bureau quand le téléphone avait sonné. Santoni, un Corse, nouveau dans la brigade, qui avait travaillé dix ans aux Jeux, puis aux Mœurs, avait répondu.

— C'est l'inspecteur Neveu, du IIIe arrondissement, patron. Il demande s'il peut vous parler personnellement. Il paraît que c'est urgent.

Maigret avait saisi l'appareil :

— J'écoute, vieux.

— Je vous téléphone d'un bistrot du boulevard Saint-Martin. On vient de découvrir un type tué d'un coup de couteau.

— Sur le boulevard ?

— Non. Pas tout à fait. Dans une sorte d'impasse.

Neveu, qui était du métier depuis longtemps, avait tout de suite deviné ce que Maigret pensait. Les coups de couteau, surtout dans un quartier populaire, c'est rarement intéressant. Rixe entre ivrognes, souvent. Ou bien règlement de comptes entre gens du milieu, entre Espagnols ou Nord-Africains.

Neveu s'était hâté d'ajouter :

— L'affaire me paraît bizarre. Vous feriez peut-être mieux de venir. C'est entre la grande bijouterie et la boutique de fleurs artificielles.

— J'arrive.

Pour la première fois, le commissaire emmenait Santoni avec lui et, dans la petite auto noire de la P.J., il fut incommodé par le parfum qui émanait de l'inspecteur. Celui-ci, qui était de petite taille, portait de hauts talons. Ses cheveux étaient gominés et il avait un gros diamant jaune, probablement faux, à l'annulaire.

Les silhouettes des passants étaient noires dans le noir des rues, et les semelles faisaient flic flac sur le gras des pavés. Un groupe d'une trentaine de personnes stationnait sur le trottoir du boulevard Saint-Martin, avec deux agents en pèlerine, qui les empêchaient d'avancer. Neveu, qui attendait, ouvrit la portière de la voiture.

— J'ai demandé au médecin de rester jusqu'à votre arrivée.

C'était le moment de la journée où, dans cette partie populeuse des Grands Boulevards, l'animation était à son maximum. Au-dessus de la bijouterie, une grosse horloge lumineuse marquait cinq heures vingt. Quant à la boutique de fleurs artificielles, qui n'avait qu'une vitrine, elle était mal éclairée, si terne et si poussiéreuse qu'on se demandait si quelqu'un s'y aventurait jamais.

Entre les deux magasins débouchait une sorte d'impasse assez étroite pour qu'on ne la remarque pas. Ce n'était qu'un passage entre deux murs, sans éclairage, qui conduisait vraisemblablement à une cour comme il en existe beaucoup dans le quartier.

Neveu frayait un chemin à Maigret. A trois ou quatre mètres, dans l'impasse, ils trouvaient quelques hommes, debout dans l'obscurité et qui attendaient. Deux d'entre eux portaient des torches électriques. Il fallait y regarder de près pour reconnaître les visages.

Il faisait plus froid, plus humide que sur le boulevard. Il régnait un courant d'air perpétuel. Un chien, qu'on repoussait en vain, se glissait entre les jambes.

Par terre, contre le mur suintant, un homme était étendu, un bras replié sous lui, l'autre, avec une main blême au bout, barrant presque le passage.

— Mort ?

Le médecin du quartier fit « oui » de la tête :

— La mort a dû être instantanée.

Une des torches électriques, comme pour souligner ces mots, promena son cercle lumineux sur le corps, donnant un relief étrange au couteau qui y était resté planté. L'autre lampe éclairait un demi-profil, un œil ouvert, une joue que les pierres du mur avaient égratignée quand la victime était tombée.

— Qui l'a découvert ?

Un des agents en uniforme, qui n'attendait que ce moment-là, s'avança ; on distinguait à peine ses traits. Il était jeune, ému.

— J'effectuais ma tournée. J'ai l'habitude de jeter un coup d'œil dans toutes ces impasses, à cause des gens qui profitent de l'obscurité pour y faire leurs cochonneries. J'ai aperçu une forme par terre. J'ai d'abord pensé que c'était un ivrogne.

— Il était déjà mort ?

— Oui. Je crois. Mais le corps était encore tiède.

— Quelle heure était-il ?

— Quatre heures quarante-cinq. J'ai sifflé un collègue, et j'ai tout de suite téléphoné au poste.

Neveu intervint.

— C'est moi qui ai pris la communication, et je suis arrivé aussitôt.

Le commissariat du quartier était à deux pas, rue Notre-Dame-de-Nazareth.

Neveu continuait :

— J'ai chargé mon collègue d'alerter le médecin.

— Personne n'a rien entendu ?

— Pas que je sache.

On apercevait une porte, un peu plus loin, surmontée d'une imposte faiblement éclairée.

— Qu'est-ce que c'est ?

— La porte donne dans le bureau de la bijouterie. On s'en sert rarement.

Avant de quitter le Quai des Orfèvres, Maigret avait fait prévenir l'Identité judiciaire, et les spécialistes arrivaient avec leur matériel et leurs appareils photographiques. Comme tous les techniciens, ils ne s'occupaient que de leur tâche, ne posant aucune question, soucieux seulement de la façon dont ils allaient travailler dans un couloir aussi étroit.

— Qu'est-ce qu'il y a, au fond de la cour ? demanda Maigret.

— Rien. Des murs. Une seule porte, condamnée depuis longtemps, qui communique avec un immeuble de la rue Meslay.

L'homme avait été poignardé par-derrière, c'était évident, alors qu'il avait fait une dizaine de pas dans l'impasse. Quelqu'un l'avait suivi sans bruit, et les passants, dont le flot s'écoulait sur le boulevard, ne s'étaient aperçus de rien.

— J'ai glissé la main dans sa poche et j'ai retiré son portefeuille.

Neveu le tendit à Maigret. Un des hommes de l'Identité judiciaire, sans qu'on le lui demande, braqua sur l'objet une lampe beaucoup plus forte que celle de l'inspecteur.

Le portefeuille était quelconque, ni neuf ni particulièrement usé, de bonne qualité, sans plus. Il contenait trois billets de mille francs et quelques billets de cent, ainsi qu'une carte d'identité au nom de Louis Thouret, magasinier, 37, rue des Peupliers, à Juvisy. Il y avait également une carte d'électeur au même nom, une feuille de papier sur laquelle cinq ou six mots étaient écrits au crayon, et une très vieille photographie de petite fille.

— On peut y aller ?

Maigret fit signe que oui. Il y eut des éclairs, des déclics. La foule devenait plus dense à l'entrée du boyau, et la police avait de la peine à la maintenir.

Après quoi, les techniciens retirèrent avec précaution le couteau, qui prit place dans une boîte spéciale, et le corps fut enfin retourné. On put alors voir le visage d'un homme de quarante à cinquante ans dont la seule expression était la stupeur.

Il n'avait pas compris ce qui lui arrivait. Il était mort sans comprendre. Cette surprise avait quelque chose de si enfantin, de si peu tragique, que quelqu'un, dans le noir, laissa jaillir un rire nerveux.

Ses vêtements étaient propres, décents. Il portait un complet sombre, un pardessus de demi-saison beige, et ses pieds, étrangement tordus, étaient chaussés de souliers jaunes, qui s'harmonisaient mal avec la couleur de ce jour-là.

A part les souliers, il était si banal que personne ne l'aurait remarqué dans la rue ni à une des nombreuses terrasses du boulevard. L'agent qui l'avait découvert dit pourtant:

— Il me semble l'avoir déjà vu.

— Où ?

— Je ne me souviens pas. C'est un visage qui m'est familier. Vous savez, de ces gens qu'on rencontre tous les jours et auxquels on ne fait pas attention.

Neveu confirma :

— Cette tête-là me dit quelque chose aussi. Probablement qu'il travaille dans le quartier.

Cela ne leur apprenait pas ce que Louis Thouret était venu faire dans cette impasse qui ne conduisait nulle part. Maigret se tourna vers Santoni, parce que celui-ci avait été longtemps aux Mœurs. Il existe, en effet, surtout dans ce quartier-là, un certain nombre de maniaques qui ont de bonnes raisons pour chercher à s'isoler. On les connaît presque tous. Ce sont parfois des gens qui occupent une situation importante. On les pince de temps en temps. Quand on les relâche, ils recommencent.

Mais Santoni hochait la tête.

— Jamais vu.

Alors Maigret décida :

— Continuez, messieurs. Quand vous aurez

fini, qu'on le transporte à l'Institut médico-légal.

A Santoni :

— Allons voir la famille, s'il en a.

Une heure plus tard, il ne se serait sans doute pas rendu lui-même à Juvisy. Mais il avait la voiture. Il était intrigué, surtout, par l'extrême banalité de l'homme et même de sa profession.

— A Juvisy.

Ils s'arrêtèrent juste un instant à la porte d'Italie, pour boire un demi à un comptoir. Puis ce fut la grand-route, la lumière des phares, les poids lourds qu'on dépassait les uns après les autres. Quand, à Juvisy, près de la gare, ils s'informèrent de la rue des Peupliers, ils durent interroger cinq personnes avant d'être renseignés.

— C'est tout là-bas, dans les lotissements. Quand vous y serez, regardez les noms des rues sur les plaques. Elles portent toutes des noms d'arbres. Elles se ressemblent toutes.

Ils longèrent l'immense gare de triage où on aiguillait sans fin des rames de wagons d'une voie sur une autre. Vingt locomotives crachaient leur vapeur, sifflaient, haletaient. Les wagons s'entrechoquaient. Sur la droite s'amorçait un quartier neuf dont le réseau de rues étroites était indiqué par des lampes électriques. Il y avait des centaines, des milliers peut-être, de pavillons qu'on aurait dit tous de même taille, bâtis sur le même modèle ; les fameux arbres qui donnaient leur nom aux rues n'avaient pas eu le temps de pousser, les trottoirs, par endroits, n'étaient pas pavés, il subsistait des trous noirs, des terrains vagues, tandis qu'ailleurs on devinait des jardinets où les dernières fleurs commençaient à se faner.

Rue des Chênes... Rue des Lilas... des Hêtres... Peut-être un jour cela aurait-il l'air d'un parc, si toutes ces maisons mal bâties, qui ressemblaient à un jeu de construction, ne se désagrégeaient pas avant que les arbres aient atteint leur grandeur normale.

Des femmes, derrière les vitres des cuisines, préparaient le dîner. Les rues étaient désertes, avec une boutique par-ci par-là, des boutiques trop neuves aussi, qui paraissaient tenues par des amateurs.

— Essaie à gauche.

Ils tournèrent en rond pendant dix minutes avant de lire sur une plaque bleue le nom qu'ils cherchaient, dépassèrent la maison, parce que le 37 venait tout de suite après le 21. Il n'y avait qu'une lumière, au rez-de-chaussée. C'était une cuisine. Derrière le rideau, une femme assez volumineuse allait et venait.

— Allons-y ! soupira Maigret en se glissant non sans peine hors de la petite auto.

Il vida sa pipe en la frappant sur son talon. Quand il traversa le trottoir, le rideau bougea, le visage d'une femme se colla à la vitre. Elle ne devait pas avoir l'habitude de voir une auto s'arrêter en face de chez elle. Il gravit les trois marches. La porte était en pitchpin verni, avec du fer forgé et deux petits carreaux en verre bleu sombre. Il chercha un bouton de sonnerie. Avant qu'il l'eût trouvé, une voix dit, de l'autre côté du panneau :

— Qu'est-ce que c'est ?

— Madame Thouret ?

— C'est ici.

— Je voudrais vous parler.

Elle hésitait encore à ouvrir.

— Police, ajouta Maigret à mi-voix.

Elle se décida à retirer la chaîne, à tourner un verrou. Puis, par une fente qui ne laissait voir qu'une tranche de son visage, elle examina les deux hommes qui se tenaient sur le seuil.

— Qu'est-ce que vous voulez ?

— J'ai à vous parler.

— Qu'est-ce qui me prouve que vous êtes de la police ?

C'était un hasard que Maigret ait sa médaille dans sa poche. Le plus souvent, il la laissait chez lui. Il la tendit, dans le rayon de lumière.

— Bon ! Je suppose que c'est une vraie.

Elle les laissa passer. Le corridor était étroit, les murs blancs, les plinthes et les portes en bois verni. La porte de la cuisine était restée ouverte, mais c'est dans la pièce suivante qu'elle les fit entrer après avoir tourné le commutateur électrique.

Du même âge à peu près que son mari, elle était plus grosse que lui, sans pourtant donner l'impression d'une femme grasse. C'était sa charpente qui était forte, couverte d'une chair dure, et sa robe grise, sur laquelle elle portait un tablier qu'elle retirait machinalement, n'adoucissait pas l'ensemble.

La pièce où ils se trouvaient était une salle à manger de style rustique, qui devait tenir lieu de salon, et où les objets étaient à leur place, comme dans une vitrine ou comme chez le marchand de meubles. Rien ne traînait, ni une pipe ni un paquet de cigarettes, pas un ouvrage de couture non plus, un journal, n'importe quoi pour suggérer l'idée que des gens passaient ici une partie de leur vie. Elle ne les invitait pas à s'asseoir, mais regardait leurs pieds pour s'assurer qu'ils n'allaient pas salir le linoléum.

— Je vous écoute.

— Votre mari s'appelle bien Louis Thouret ?

Les sourcils froncés, s'efforçant de deviner le but de leur visite, elle faisait signe que oui.

— Il travaille à Paris ?

— Il est sous-directeur chez Kaplan et Zanin, rue de Bondy.

— Il n'a jamais travaillé comme magasinier ?

— Il l'a été, autrefois.

— Il y a longtemps ?

— Quelques années. Déjà, alors, c'était lui qui faisait marcher la maison.

— Vous n'auriez pas une photographie de lui ?

— Pour quoi faire ?

— Je voudrais m'assurer...

— Vous assurer de quoi ?

Et, de plus en plus soupçonneuse :

— Louis a eu un accident ?

Machinalement, elle jetait un coup d'œil à l'horloge de la cuisine, et on aurait dit qu'elle calculait où aurait dû être son mari à cette heure de la journée.

— J'aimerais m'assurer avant tout qu'il s'agit bien de lui.

— Sur le buffet... dit-elle.

Cinq ou six photographies s'y trouvaient, dans des cadres de métal, dont une photo de jeune fille et celle de l'homme trouvé poignardé dans l'impasse, mais plus jeune, habillé de noir.

— Savez-vous si votre mari a des ennemis ?

— Pourquoi aurait-il des ennemis ?

Elle les quitta un instant pour aller fermer le réchaud à gaz, car quelque chose bouillait sur le feu.

— A quelle heure a-t-il l'habitude de rentrer de son travail ?

— Il prend toujours le même train, celui de six heures vingt-deux, à la gare de Lyon. Notre fille prend le train suivant, car elle finit son travail un peu plus tard. Elle a un poste de confiance et...

— Je suis obligé de vous demander de nous accompagner à Paris.

— Louis est mort ?

Elle les regardait en dessous, en femme qui ne supporte pas qu'on lui mente.

— Dites-moi la vérité.

— Il a été assassiné cet après-midi.

— Où ça?

— Dans une impasse du boulevard Saint-Martin.

— Qu'est-ce qu'il allait faire là ?

— Je l'ignore.

— Quelle heure était-il ?

— Un peu après quatre heures et demie, autant qu'on en puisse juger.

— A quatre heures et demie, il est chez Kaplan. Vous leur avez parlé ?

— Nous n'en avons pas eu le temps. En outre, nous ignorions où il travaillait.

— Qui est-ce qui l'a tué ?

— C'est ce que nous cherchons à établir.

— Il était seul ?

Maigret s'impatienta.

— Ne croyez-vous pas que vous feriez mieux de vous habiller pour nous suivre ?

— Qu'est-ce que vous en avez fait ?

— A l'heure qu'il est, il a été transporté à l'Institut médico-légal.

— C'est la morgue ?

Que répondre ?

— Comment vais-je prévenir ma fille ?

— Vous pourriez lui laisser un mot.

Elle réfléchit.

— Non. Nous allons passer chez ma sœur, et je lui donnerai la clef. Elle viendra ici attendre Monique. Vous avez besoin de la voir aussi ?

— De préférence.

— Où doit-elle nous retrouver ?

— A mon bureau, Quai des Orfèvres. Ce serait le plus expéditif. Quel âge a-t-elle ?

— Vingt-deux ans.

— Vous ne pouvez pas la prévenir par téléphone ?

— D'abord, nous n'avons pas le téléphone. Ensuite, elle a déjà quitté son bureau et est en route pour la gare. Attendez-moi.

Elle s'engagea dans un escalier dont les marches craquaient non de vieillesse, mais parce que le bois en était trop léger. Toute la maison donnait l'impression d'avoir été bâtie avec des matériaux bon marché, qui n'auraient sans doute jamais la chance de vieillir.

Les deux hommes se regardaient en l'entendant aller et venir au-dessus de leur tête. Ils étaient sûrs qu'elle changeait de robe, se mettait en noir, se recoiffait probablement. Quand elle descendit, ils échangèrent un nouveau coup d'œil : ils avaient eu raison. Elle était déjà en deuil et sentait l'eau de Cologne.

— Il faut que j'éteigne les lumières et que je ferme le compteur. Si vous voulez m'attendre dehors...

Elle hésita devant la petite auto, comme si elle craignait de ne pas y trouver place. Quelqu'un les observait de la maison voisine.

— Ma sœur habite à deux rues d'ici. Le chauffeur n'a qu'à prendre à droite, puis la seconde à gauche.

On aurait pu croire que les deux pavillons étaient jumeaux, tant ils se ressemblaient. Il n'y avait que la couleur des vitraux, à la porte d'entrée, qui différait. Ceux-ci étaient d'un jaune abricot.

— Je viens tout de suite.

Elle n'en resta pas moins absente près d'un quart d'heure. Quand elle revint vers la voiture, elle était accompagnée d'une femme qui lui ressemblait trait pour trait et qui, elle aussi, était vêtue de noir.

— Ma sœur nous accompagnera. J'ai pensé que nous pourrions nous serrer. Mon beau-frère ira chez moi attendre ma fille. C'est son jour de congé. Il est contrôleur de train.

Maigret prit place à côté du chauffeur. Les deux femmes, derrière, ne laissèrent qu'une toute petite place à l'inspecteur Santoni et, de temps en temps, on les entendait chuchoter d'une voix de confessionnal.

Quand ils atteignirent l'Institut médico-légal, près du pont d'Austerlitz, le corps de Louis Thouret, selon les instructions de Maigret, était encore habillé, provisoirement couché sur une dalle. Ce fut Maigret qui découvrit le visage, tout en regardant les deux femmes, qu'il voyait pour la première fois ensemble en pleine lumière. Tout à l'heure, dans l'obscurité de la rue, il les avait prises pour des jumelles. Il s'apercevait maintenant que la sœur était plus jeune de trois ou quatre ans et que son corps avait conservé un certain moelleux, pas pour longtemps, sans doute.

— Vous le reconnaissez ?

Mme Thouret, son mouchoir à la main, ne pleura pas. Sa sœur lui tenait le bras, comme pour la réconforter.

— C'est Louis, oui. C'est mon pauvre Louis. Ce matin, quand il m'a quittée, il ne se doutait pas...

Et soudain :

— On ne lui ferme pas les yeux ?

— A présent, vous pouvez le faire.

Elle regarda sa sœur, et elles avaient l'air de se demander laquelle des deux allait s'en charger. Ce fut l'épouse qui le fit, non sans une certaine solennité, en murmurant :

— Pauvre Louis.

Tout de suite après, elle aperçut les souliers qui dépassaient du drap dont on avait recouvert le corps, et elle fronça les sourcils.

— Qu'est-ce que c'est ça ?

Maigret ne comprit pas immédiatement.

— Qui lui a mis ces souliers-là ?

— Il les avait aux pieds quand nous l'avons découvert.

— Ce n'est pas possible. Jamais Louis n'a porté de souliers jaunes. En tout cas, pas depuis vingt-six ans qu'il est mon mari. Il savait que je ne l'aurais pas permis. Tu as vu, Jeanne ?

Jeanne fit signe qu'elle avait vu.

— Vous feriez peut-être bien de vous assurer que les vêtements qu'il porte sont les siens. Il n'y a aucun doute sur son identité, n'est-ce pas ?

— Aucun. Mais ce ne sont pas ses souliers. C'est moi qui les cire chaque jour. Je les connais, non ? Ce matin, il avait aux pieds des souliers noirs, ceux à doubles semelles qu'il porte pour aller travailler.

Maigret retira complètement le drap.

— C'est son pardessus ?

— Oui.

— Son costume ?

— Son costume aussi. Ce n'est pas sa cravate. Il n'aurait jamais porté de cravate aussi vive. Celle-ci est presque rouge.

— Votre mari menait une existence régulière ?

— Tout ce qu'il y a de plus régulière, ma sœur vous le confirmera. Le matin, il prenait, au coin de la rue, l'autobus qui le conduisait à la gare de Juvisy à temps pour le train de huit heures dix-sept. Il faisait toujours le trajet avec M. Beaudoin, notre voisin, qui est aux Contributions directes. A la gare de Lyon, il descendait dans le métro et en sortait à la station Saint-Martin.

L'employé de l'Institut médico-légal adressa un signe à Maigret, qui comprit et conduisit les deux femmes vers une table où le contenu des poches du mort avait été rangé.

— Je suppose que vous reconnaissez ces objets ?

Il y avait une montre en argent avec sa chaîne, un mouchoir sans initiales, un paquet de gauloises entamé, un briquet, une clef et, près du portefeuille, deux petits bouts de carton bleuâtre.

Ce sont ces cartons qu'elle regarda immédiatement.

— Des tickets de cinéma, dit-elle.

Et Maigret, après les avoir examinés :

— D'un cinéma d'actualités du boulevard Bonne-Nouvelle. Si je lis bien les chiffres, ils ont servi aujourd'hui.

— Ce n'est pas possible. Tu entends, Jeanne ?

— Cela me paraît curieux, fit la sœur d'une voix posée.

— Voulez-vous jeter un coup d'œil au contenu du portefeuille ?

Elle le fit, fronça à nouveau les sourcils.

— Louis n'avait pas tant d'argent que ça, ce matin.

— Vous en êtes sûre ?

— C'est moi qui, chaque jour, m'assure qu'il a de l'argent dans son portefeuille. Il n'a jamais plus d'un billet de mille francs et de deux ou trois billets de cent francs.

— Il ne devait pas en toucher ?

— Nous ne sommes pas à la fin du mois.

— Le soir, quand il rentre, il a toujours le compte en poche ?

— Moins le prix de son métro et de son tabac. Pour le train, il avait un abonnement.

Elle hésita à mettre le portefeuille dans son sac à main.

— Je suppose que vous en avez encore besoin ?

— Jusqu'à nouvel ordre, oui.

— Ce que je comprends le moins, c'est qu'on ait changé ses souliers et sa cravate. Et aussi qu'à l'heure où c'est arrivé il ne se soit pas trouvé au magasin.

Maigret n'insista pas, lui fit signer les formules administratives.

— Vous rentrez chez vous ?

— Quand pourrons-nous avoir le corps ?

— Probablement dans un jour ou deux.

— On va faire une autopsie ?

— Il est possible que le juge d'instruction l'ordonne. Ce n'est pas sûr.

Elle regarda l'heure à sa montre.

— Nous avons un train dans vingt minutes, dit-elle à sa sœur.

Et, à Maigret :

— Vous pourrez peut-être nous déposer à la gare ?

— Tu n'attends pas Monique ?

— Elle rentrera bien seule.

Ils durent faire un crochet par la gare de Lyon, virent les deux silhouettes presque identiques gravir les marches de pierre.

— Coriace ! grommela Santoni. Le pauvre type ne devait pas rigoler tous les jours.

— En tout cas, pas avec elle.

— Que pensez-vous de l'histoire des souliers ? S'ils étaient neufs, on comprendrait qu'il les ait justement achetés aujourd'hui.

— Il n'aurait pas osé. Tu n'as pas entendu ce qu'elle a dit ?

— Ni une cravate voyante.

— Je suis curieux de voir si la fille ressemble à la mère.

Ils ne rentrèrent pas tout de suite au Quai des Orfèvres, s'arrêtèrent dans une brasserie pour dîner. Maigret téléphona à sa femme qu'il ne savait pas à quelle heure il serait chez lui.

La brasserie aussi sentait l'hiver, avec des pardessus et des chapeaux humides à tous les crochets, une épaisse buée sur les vitres noires.

Quand ils arrivèrent devant le portail de la P.J., le factionnaire annonça à Maigret :

— Une jeune fille vous a demandé. Il paraît qu'elle a rendez-vous. Je l'ai envoyée là-haut.

— Elle attend depuis longtemps ?

— Une vingtaine de minutes.

Le brouillard s'était changé en pluie fine et des traces de pieds mouillés marbraient les marches toujours poussiéreuses du grand escalier. La plupart des bureaux étaient vides. Sous quelques portes, seulement, on voyait de la lumière.

— Je reste avec vous ?

Maigret fit signe que oui. Puisqu'il avait commencé, autant que Santoni continue l'enquête avec lui.

Une jeune fille, dont on distinguait surtout le chapeau bleu clair, était assise dans un des fauteuils de l'antichambre. La pièce n'était presque pas éclairée. Le garçon de bureau lisait un journal du soir.

— C'est pour vous, patron.

— Je sais.

Et, à la jeune fille :

— Mademoiselle Thouret ? Voulez-vous me suivre dans mon bureau ?

Il alluma la lampe à abat-jour vert qui éclairait le fauteuil en face du sien, celui sur lequel il la fit asseoir, et il constata qu'elle avait pleuré.

— Mon oncle m'a appris que mon père est mort.

Il ne lui parla pas tout de suite. Comme sa

mère, elle tenait un mouchoir à la main, mais le sien était roulé en boule, ses doigts le tripotaient comme, quand il était enfant, Maigret aimait à tripoter un morceau de mastic.

— Je croyais maman avec vous.

— Elle est retournée à Juvisy.

— Comment est-elle ?

Que répondre à ça ?

— Votre mère a été très courageuse.

Monique était plutôt jolie. Elle ne ressemblait pas tout à fait à sa mère, mais elle en avait la solide charpente. Cela se remarquait moins, parce que sa chair était plus jeune et moins drue. Elle portait un tailleur bien coupé, qui surprit un peu le commissaire, car elle ne l'avait certainement pas fait elle-même et ne l'avait pas non plus acheté dans un magasin bon marché.

— Qu'est-ce qui est arrivé ? questionna-t-elle enfin en même temps qu'un peu d'eau paraissait entre ses cils.

— Votre père a été tué d'un coup de couteau.

— Quand ?

— Cet après-midi, entre quatre heures et demie et cinq heures moins le quart.

— Comment est-ce possible ?

Pourquoi avait-il l'impression qu'elle n'était pas tout à fait sincère ? La mère aussi avait offert une sorte de résistance, mais, étant donné son caractère, on s'y attendait. Au fond, pour Mme Thouret, c'était un déshonneur de se faire assassiner dans une impasse du boulevard Saint-Martin. Elle avait organisé sa vie, non seulement la sienne, mais celle de sa famille, et cette mort-là n'entrait pas dans le cadre qu'elle avait fixé. Surtout avec un cadavre qui portait des souliers jaunes et une cravate presque rouge !

Monique, elle, paraissait plutôt prudente, avec l'air de craindre certaines révélations, certaines questions.

— Vous connaissiez bien votre père ?

— Mais... évidemment...

— Vous le connaissiez, bien sûr, comme chacun connaît ses parents. Ce que je vous demande, c'est si vous aviez avec lui des rapports confiants, s'il lui arrivait de vous parler de sa vie intime, de ses pensées...

— C'était un bon père.

— Il était heureux ?

— Je suppose.

— Vous le rencontriez parfois, à Paris ?

— Je ne comprends pas. Dans la rue, voulez-vous dire ?

— Vous travailliez tous les deux à Paris. Je sais déjà que vous ne preniez pas le même train.

— Nos heures de bureau n'étaient pas les mêmes.

— Il aurait pu vous arriver de vous retrouver pour déjeuner.

— Quelquefois, oui.

— Souvent ?

— Non. Plutôt rarement.

— Vous alliez le chercher à son magasin ?

Elle hésitait.

— Non. Nous nous retrouvions dans un restaurant.

— Vous lui téléphoniez ?

— Je ne me souviens pas de l'avoir fait.

— Quand avez-vous déjeuné ensemble pour la dernière fois ?

— Il y a plusieurs mois. Avant les vacances.

— Dans quel quartier ?

— A *La Chope Alsacienne,* un restaurant du boulevard Sébastopol.

— Votre mère le savait ?

— Je suppose que je le lui ai dit. Je ne m'en souviens pas.

— Votre père était d'un caractère gai ?

— Assez gai. Je crois.

— Il jouissait d'une bonne santé ?

— Je ne l'ai jamais vu malade.

— Des amis ?

— Nous fréquentions surtout mes tantes et mes oncles.

— Vous en avez beaucoup ?

— Deux tantes et deux oncles.

— Ils habitent tous Juvisy ?

— Oui. Pas loin de chez nous. C'est mon oncle Albert, le mari de ma tante Jeanne, qui m'a annoncé la mort de papa. Ma tante Céline vit un peu plus loin.

— Toutes deux sont des sœurs de votre mère ?

— Oui. Et oncle Julien, le mari de tante Céline, travaille, lui aussi, au chemin de fer.

— Vous avez un amoureux, mademoiselle Monique ?

Elle se troubla légèrement.

— Ce n'est peut-être pas le moment de parler de ça. Je dois voir mon père ?

— Que voulez-vous dire ?

— Je croyais, d'après ce que mon oncle m'a dit, que je devais aller reconnaître le corps.

— Votre mère et votre tante s'en sont chargées. Cependant, si vous le désirez...

— Non. Je suppose que je le verrai à la maison.

— Encore un mot, mademoiselle Monique. Vous est-il arrivé de rencontrer votre père, à Paris, alors qu'il portait des souliers jaunes ?

Elle ne répondit pas tout de suite. Pour se donner du temps, elle répéta :

— Des souliers jaunes ?

— D'un brun très clair, si vous préférez. Ce que, de mon temps, si vous excusez l'expression, on appelait des souliers caca d'oie.

— Je ne me souviens pas.

— Vous ne lui avez jamais vu une cravate rouge non plus ?

— Non.

— Il y a longtemps que vous êtes allée au cinéma ?

— J'y suis allée hier après-midi.

— A Paris ?

— A Juvisy.

— Je ne vous retiens pas plus longtemps. Je suppose que vous avez un train...

— Dans trente-cinq minutes.

Elle regarda la montre à son poignet, se leva, attendit encore un instant.

— Bonsoir, prononça-t-elle enfin.

— Bonsoir, mademoiselle. Je vous remercie.

Et Maigret l'accompagna jusqu'à la porte, qu'il referma derrière elle.

2

La vierge au gros nez

Maigret avait toujours eu, sans trop chercher à savoir pourquoi, une certaine prédilection pour la portion des Grands Boulevards comprise entre la place de la République et la rue Montmartre. C'était presque son quartier, en somme. C'est là, boulevard Bonne-Nouvelle, à quelques centaines de mètres de l'impasse où Louis Thouret avait été tué, qu'il venait presque chaque semaine au cinéma avec sa femme, bras dessus bras dessous, à pied, en voisins. Et, juste en face, se trouvait la brasserie où il aimait manger une choucroute.

Plus loin, vers l'Opéra et la Madeleine, les boulevards étaient plus aérés et plus élégants. Entre la porte Saint-Martin et la République, ils devenaient une tranchée un peu sombre où grouillait une vie épaisse, si forte qu'elle en donnait parfois le vertige.

Il était parti de chez lui vers huit heures et demie et n'avait pas mis un quart d'heure, sans se presser, dans le matin gris, moins humide, mais plus froid que la veille, à atteindre la partie de la rue de Bondy qui touche aux boulevards, l'intersection formant une petite place devant le théâtre de la Renaissance. C'était là, d'après Mme Thouret, chez Kaplan et Zanin, que Louis Thouret avait travaillé toute sa vie et avait encore dû travailler la veille.

Le numéro indiqué était celui d'un immeuble très vieux, tout de travers, avec, autour du portail grand ouvert, un certain nombre de plaques blanches et noires qui annonçaient un matelassier, un cours de dactylographie, un commerce de plumes (Troisième à gauche, escalier A), un huissier, une masseuse diplômée. La concierge, dont la loge donnait sous la voûte, était occupée à trier le courrier.

— Kaplan et Zanin ? lui demanda-t-il.

— Il y aura trois ans le mois prochain que la maison n'existe plus, mon bon monsieur.

— Vous étiez déjà dans l'immeuble ?

— J'y serai depuis vingt-six ans en décembre.

— Vous avez connu Louis Thouret ?

— Je crois bien que j'ai connu M. Louis ! Qu'est-il devenu, au fait ? Voilà bien quatre ou cinq mois qu'il n'est pas passé me dire bonjour.

— Il est mort.

Du coup, elle s'arrêta de trier ses lettres.

— Un homme si bien portant ! Qu'est-ce qu'il a eu ? Le cœur, je parie, comme mon mari...

— Il a été tué d'un coup de couteau, hier après-midi, pas loin d'ici.

— Je n'ai pas encore lu le journal.

Le crime, d'ailleurs, n'y était relaté qu'en quelques lignes, comme un fait divers banal.

— Qui a pu avoir l'idée d'assassiner un si brave homme ?

C'était une brave femme aussi, petite et vive.

— Pendant plus de vingt ans, il est passé devant ma loge quatre fois par jour et jamais il n'a manqué de m'adresser un mot aimable. Quand M. Kaplan a cessé son commerce, il était tellement effondré que...

Elle dut s'essuyer les yeux, puis se moucher.

— M. Kaplan vit toujours ?

— Je vous donnerai son adresse, si vous voulez. Il habite près de la porte Maillot, rue des Acacias. C'est un brave homme aussi, mais pas dans le même genre. Et probablement que le vieux M. Kaplan vit encore.

— Qu'est-ce qu'il vendait ?

— Vous ne connaissez pas la maison ?

Elle était surprise que le monde entier ne connût pas la maison Kaplan et Zanin. Maigret lui dit :

— Je suis de la police. J'ai besoin de savoir tout ce qui se rapporte à M. Thouret.

— Nous l'appelions M. Louis. Tout le monde l'appelait M. Louis. La plupart des gens ne connaissaient même pas son nom de famille. Si vous voulez patienter une minute...

Et, tout en triant les dernières lettres, elle murmurait pour elle-même :

— M. Louis assassiné ! Qui aurait jamais pensé ça ! Un homme si...

Une fois toutes les enveloppes dans les casiers, elle jeta un châle de laine sur ses épaules, ferma à moitié la clef du poêle.

— Je vais vous montrer.

Sous la voûte, elle expliqua :

— Il y a trois ans que l'immeuble devrait être démoli pour faire place à un cinéma. Les locataires, à cette époque, ont reçu leur congé, et moi-même, je m'étais arrangée pour aller vivre chez ma fille, dans la Nièvre. C'est à cause de ça que M. Kaplan a cessé ses affaires. Peut-être aussi parce que le commerce ne marchait plus aussi fort. Le jeune M. Kaplan, M. Max, comme nous disions, n'a jamais eu les mêmes idées que son père. Par ici...

Au bout de la voûte, on débouchait dans une cour au fond de laquelle se dressait un vaste bâtiment au toit vitré, qui ressemblait à un hall de gare. Sur le crépi se lisaient encore quelques lettres des mots : *Kaplan et Zanin.*

— Les Zanin n'existaient déjà plus quand je suis entrée dans la maison, il y a vingt-six ans. A cette époque, c'était le vieux M. Kaplan qui dirigeait seul l'affaire, et les enfants se retournaient sur lui dans la rue parce qu'il avait une tête de roi mage.

La porte n'était pas fermée. La serrure en était arrachée. Tout cela, à présent, était mort, mais, quelques années plus tôt, cela avait constitué une partie de l'univers de Louis Thouret. Ce que cela avait été exactement, il était difficile de s'en rendre compte. La salle était immense, avec, très haut au-dessus des têtes, ce toit vitré où il manquait la moitié des carreaux et où les autres avaient perdu leur transparence. Deux étages de galeries couraient le long des murs, comme dans un grand magasin, et la trace des rayonnages qui avaient été enlevés subsistait.

— Chaque fois qu'il venait me faire une petite visite...

— Il venait souvent ?

— Peut-être tous les deux ou trois mois, toujours avec une gâterie dans sa poche... Chaque fois, dis-je, M. Louis tenait à jeter un coup d'œil ici, et on sentait qu'il avait le cœur gros. J'ai connu jusqu'à vingt emballeuses et plus à la fin et, quand on préparait la saison des fêtes, il n'était pas rare qu'on travaille une partie de la nuit. M. Kaplan ne vendait pas directement au public, mais aux bazars de province, aux colporteurs, aux camelots. Il y avait tellement de marchandises qu'on pouvait à peine se faufiler, et M. Louis était le seul à savoir où se trouvait chaque chose. Dieu sait s'il y avait des articles différents, des fausses barbes, des trompettes en carton aussi bien que des boules de couleur pour pendre aux arbres de Noël, des serpentins pour le carnaval, des masques, des souvenirs qu'on achète au bord de la mer.

— M. Louis était magasinier ?

— Oui. Il portait une blouse grise. A droite, dans ce coin-là, tenez, se trouvait le bureau vitré de M. Kaplan, le jeune, quand le père a eu sa première attaque et a cessé de venir au magasin. Il avait une dactylo, Mlle Léone, et, dans un cagibi, au premier étage, travaillait le vieux comptable. Personne ne se doutait de ce qui se préparait. Un beau jour, en octobre ou en novembre, je ne sais plus exactement, mais je sais qu'il faisait déjà froid, M. Max Kaplan a réuni son personnel pour lui annoncer que la maison fermait ses portes et qu'il avait trouvé preneur pour le stock.

» A ce moment-là, tout le monde était persuadé que l'immeuble serait rasé l'année suivante pour faire place, comme je vous l'ai dit, à un cinéma.

Maigret écoutait patiemment, regardait autour de lui, essayant de s'imaginer ce qu'avaient été les locaux au temps de leur splendeur.

— La partie de devant doit disparaître aussi. Tous les locataires ont reçu leur congé. Quelques-uns sont partis. D'autres se sont raccrochés et ce sont eux, en fin de compte, qui ont eu raison, puisqu'ils sont encore là. Seulement, comme l'immeuble est vendu, les nouveaux propriétaires refusent de faire les réparations. Il y a je ne sais combien de procès qui traînent. L'huissier vient presque tous les mois. Deux fois, j'ai fait mes paquets.

— Vous connaissez Mme Thouret ?

— Je ne l'ai jamais vue. Elle habitait la banlieue, à Juvisy...

— Elle y habite toujours.

— Vous l'avez rencontrée ? Comment est-elle ?

Maigret ne répondit que par une grimace, et elle comprit :

— Je le pensais bien. On devinait qu'il n'était pas heureux en ménage. Sa vie était ici. C'est pour lui, je l'ai souvent répété, que le coup a été le plus dur. Surtout qu'il avait déjà l'âge où il est difficile de changer sa vie.

— Quel âge avait-il ?

— Quarante-cinq ou quarante-six ans.

— Vous savez ce qu'il a fait ensuite ?

— Il ne m'en a jamais parlé. Il a dû avoir des moments difficiles. Il est resté longtemps sans venir. Une fois que je faisais mon marché en vitesse, comme toujours, je l'ai aperçu sur un banc. J'en ai reçu un coup. Ce n'est pas la place d'un homme comme lui, en plein jour, vous comprenez ? J'ai failli aller lui parler. Puis j'ai pensé que je le gênerais, et j'ai fait un détour.

— Combien de temps était-ce après la fermeture du magasin ?

L'air était froid sous la verrière, plus froid que dans la cour, et elle proposa :

— Vous ne voulez pas vous réchauffer dans la loge ? Combien de temps après, il me serait difficile de le dire. On n'était pas encore au printemps, car il n'y avait pas de feuilles aux arbres. Probablement vers la fin de l'hiver.

— Quand l'avez-vous revu ?

— Longtemps après, en plein été. Ce qui m'a le plus frappée, c'est qu'il portait des souliers caca d'oie. Pourquoi me regardez-vous comme ça ?

— Pour rien. Continuez.

— Ce n'était pas son habitude. Je ne lui avais jamais vu que des souliers noirs. Il est entré dans la loge et a posé un petit paquet sur la table, un paquet blanc, avec un ruban doré, qui contenait des chocolats. Il s'est assis sur cette chaise. Je lui ai préparé une tasse de café et j'ai couru acheter une demi-bouteille de calvados, au coin de la rue, pendant qu'il gardait la loge.

— Qu'est-ce qu'il a raconté ?

— Rien de particulier. Il était heureux de respirer l'air de la maison, cela se sentait.

— Il n'a pas fait allusion à sa nouvelle vie ?

— Je lui ai demandé s'il était satisfait, et il m'a répondu que oui. En tout cas, il n'avait plus d'heures de bureau, car cela se passait au milieu de la matinée, vers dix ou onze heures.

Une autre fois, il est venu dans l'après-midi, et il portait une cravate claire. Je l'ai taquiné, prétendant qu'il se rajeunissait. Ce n'était pas l'homme à se fâcher. Puis je lui ai parlé de sa fille, que je n'ai jamais vue, mais dont il m'avait déjà montré la photo quelques mois après sa naissance. Rarement un homme a été aussi fier d'avoir un enfant. Il en parlait à tout le monde, avait toujours des portraits dans ses poches.

On n'avait trouvé aucun portrait récent de Monique sur lui, rien que la photographie de bébé.

— C'est tout ce que vous savez ?

— Qu'est-ce que je saurais ? Je vis enfermée du matin au soir. Depuis que la maison Kaplan n'existe plus et que le coiffeur du premier a déménagé, il n'y a guère d'animation dans l'immeuble.

— Vous lui en parliez ?

— Oui. On bavardait de tout et de rien, des locataires qui s'en allaient les uns après les autres, des procès, des architectes qu'on voit de temps en temps et qui travaillent aux plans de leur fameux cinéma pendant que les murs tombent tout doucement en ruine.

Elle n'était pas amère. On n'en devinait pas moins qu'elle serait la dernière à quitter la maison.

— Comment cela s'est-il passé ? questionna-t-elle à son tour. Il a souffert ?

Ni Mme Thouret, ni Monique n'avaient posé cette question-là.

— Le docteur affirme que non, qu'il est mort sur le coup.

— Où était-ce ?

— A deux pas, dans une impasse du boulevard Saint-Martin.

— Près de la bijouterie ?

— Oui. Quelqu'un a dû le suivre, alors que la nuit tombait, et lui a planté un couteau dans le dos.

Maigret avait téléphoné, de chez lui, la veille au soir, et à nouveau, ce matin, au laboratoire de la police scientifique. Le couteau était un couteau ordinaire, d'une marque courante, comme on en trouve dans la plupart des quincailleries. Il était neuf et on n'y avait pas relevé d'empreintes digitales.

— Pauvre M. Louis ! Il aimait tant la vie !

— C'était un homme gai ?

— Ce n'était pas un homme triste. Je ne sais pas comment vous expliquer. Il se montrait aimable avec tout le monde, avait toujours un petit mot gentil, une attention. Il n'essayait pas de se faire valoir.

— Il s'intéressait aux femmes ?

— Jamais de la vie ! Et pourtant il était bien placé pour en avoir tant qu'il en aurait voulu. A part M. Max et le vieux comptable, c'était le seul homme dans les magasins, et les femmes qui y travaillaient comme emballeuses étaient rarement des vertus.

— Il ne buvait pas ?

— Son verre de vin, comme tout le monde. De temps en temps, un pousse-café.

— Où prenait-il son déjeuner ?

— Il ne quittait pas le magasin, à midi ; il apportait son manger avec lui, dans une toile cirée que je revois encore. Il déjeunait debout, sur un coin de table, puis venait fumer une pipe dans la cour avant de se remettre au travail. De temps en temps, seulement, il sortait en m'annonçant qu'il avait rendez-vous avec sa fille. C'était vers la fin, quand celle-ci était déjà une demoiselle qui travaillait dans un bureau de la rue de Rivoli.

» — Pourquoi ne nous l'amenez-vous pas, monsieur Louis ? Je voudrais tant la voir.

» — Un de ces jours... promettait-il.

» Il ne l'a jamais fait, je me demande pourquoi.

— Vous avez perdu Mlle Léone de vue ?

— Mais non, j'ai son adresse aussi. Elle vit avec sa mère. Elle ne travaille plus dans un bureau, mais a monté un petit commerce rue de Clignancourt, à Montmartre. Peut-être qu'elle vous en dira plus long que moi. Il est allé la voir aussi. Une fois que je lui ai parlé d'elle, il m'a raconté qu'elle vendait de la layette et des articles pour bébés. C'est drôle.

— Qu'est-ce qui est drôle ?

— Qu'elle vende des choses pour bébés.

Des gens commençaient à venir chercher leur courrier et jetaient un coup d'œil soupçonneux à Maigret, supposant sans doute qu'il était là, lui aussi, pour les expulser.

— Je vous remercie. Je reviendrai sans doute.

— Vous n'avez aucune idée de qui a pu faire le coup ?

— Aucune, dit-il franchement.

— On lui a volé son portefeuille ?

— Non. Ni sa montre.

— Alors on a dû le prendre pour quelqu'un d'autre.

Maigret avait toute la ville à traverser pour se rendre rue de Clignancourt. Il entra dans un petit bar et se dirigea vers la cabine téléphonique.

— Qui est à l'appareil ?

— Janvier, patron.

— Rien de neuf ?

— Les hommes sont partis, selon les instructions que vous avez laissées.

Cela signifiait que cinq inspecteurs, qui s'étaient partagé les quartiers de Paris, visitaient les quincailleries. Quant à Santoni, Maigret l'avait chargé à tout hasard de se renseigner sur Monique Thouret. Il devait être rue de Rivoli, à rôder autour des bureaux de Geber et Bachelier, contentieux.

Si Mme Thouret avait eu le téléphone, à Juvisy, il l'aurait appelée pour savoir si, depuis trois ans, son mari continuait à emporter chaque matin son déjeuner dans une toile cirée noire.

— Tu veux m'envoyer la voiture ?

— Où êtes-vous ?

— Rue de Bondy. Elle n'a qu'à me prendre en face de la Renaissance.

Il faillit charger Janvier, qui était libre ce jour-là, de questionner les commerçants du boulevard Saint-Martin. L'inspecteur Neveu s'en occupait, mais, pour ce genre de travail, où il faut surtout compter sur la chance, on n'est jamais trop nombreux.

S'il ne le fit pas, c'est qu'il avait envie de revenir lui-même dans le quartier.

— Pas d'autres instructions ?

— Donne une photographie aux journaux. Qu'ils continuent à en parler comme d'une affaire banale.

— Je comprends. Je vous envoie l'auto.

Parce que la concierge avait parlé de calvados, et aussi parce qu'il faisait réellement froid, il en but un. Puis, les mains dans les poches, il traversa le boulevard et alla jeter un coup d'œil à l'impasse où M. Louis avait été tué.

L'annonce du crime avait si bien passé inaperçue que personne ne s'arrêtait pour voir s'il y avait encore des gouttes de sang sur le pavé.

Il resta un bon moment devant une des deux vitrines de la bijouterie à l'intérieur de laquelle il apercevait cinq ou six vendeurs et vendeuses. On n'y vendait pas des bijoux de grand luxe. Sur la plupart des objets exposés se lisait la mention : *En réclame.* C'était plein de marchandises, des alliances, de faux diamants, des vrais aussi peut-être, des réveille-matin, des montres et des pendules de mauvais goût.

Un petit vieux, qui observait Maigret de l'intérieur, dut le prendre pour un client éventuel, car il s'approcha de la porte, un sourire aux lèvres, avec l'intention de l'inviter à entrer. Le commissaire préféra s'éloigner et, quelques minutes plus tard, il montait dans la voiture de la P.J.

— Rue de Clignancourt.

C'était moins bruyant, par là, mais c'était encore un quartier de petites gens, et la boutique de Mlle Léone, à l'enseigne du *Bébé Rose,* était si effacée, entre une boucherie chevaline et un restaurant pour chauffeurs, que seules les initiées devaient la connaître.

Il eut presque un choc en entrant, car la personne qui venait vers lui de l'arrière-boutique, où l'on apercevait une vieille femme assise dans un fauteuil, un chat sur les genoux, ne répondait pas à l'idée qu'il s'était faite de la dactylo des Kaplan. Pourquoi ? Il l'ignorait. Elle portait probablement des pantoufles de feutre, car elle s'avançait sans bruit, un peu comme une religieuse, et, comme une religieuse aussi, sans pour ainsi dire remuer le corps.

Elle souriait vaguement, d'un sourire qui n'était pas dessiné par les lèvres, mais qui était épars sur tout son visage, très doux, effacé.

N'était-il pas curieux qu'elle s'appelle Léone ? Plus curieux encore qu'elle ait un gros nez rond comme on en voit aux vieux lions assoupis des ménageries ?

— Vous désirez, monsieur ?

Elle était vêtue de noir. Son visage et ses mains étaient incolores, inconsistants. Un gros poêle, dans la seconde pièce, émettait des vagues de chaleur paisible, et partout, sur le comptoir et sur les rayons, il y avait des lainages fragiles, des chaussons ornés de rubans bleus ou roses, des bonnets, des robes de baptême.

— Commissaire Maigret, de la Police Judiciaire.

— Ah ?

— Un de vos anciens collègues, Louis Thouret, a été assassiné hier...

Ce fut elle qui eut la plus forte réaction, et pourtant elle ne pleura pas, ne chercha pas un mouchoir, ne crispa pas les lèvres. Le choc brutal l'avait immobilisée, lui avait arrêté, eût-on juré, le cœur dans la poitrine. Et il vit ses lèvres, déjà pâles, devenir aussi blanches que les layettes alentour.

— Excusez-moi de vous avoir dit ça aussi crûment...

Elle secoua la tête pour lui faire comprendre qu'elle ne lui en voulait pas. La vieille dame, dans l'autre pièce, avait remué.

— Pour découvrir son assassin, j'ai besoin de réunir tous les renseignements possibles à son sujet...

Elle fit « oui », toujours sans rien dire.

— Je pense que vous l'avez bien connu...

Et ce fut comme si son visage s'éclairait un instant.

— Comment cela s'est-il passé ? questionna-t-elle enfin, la gorge gonflée.

Petite fille, elle devait déjà être laide, et, sans doute, l'avait-elle toujours su. Elle regarda dans la pièce du fond, murmura :

— Vous ne voulez pas vous asseoir ?

— Je crois que votre mère...

— Nous pouvons parler devant maman. Elle est complètement sourde. Cela lui fait plaisir de voir de la compagnie.

Il n'osa pas lui avouer qu'il avait peur d'étouffer dans cette pièce sans air, où les deux femmes passaient leur vie dans une quasi-immobilité.

Léone n'avait pas d'âge. Elle avait probablement dépassé la cinquantaine, peut-être depuis longtemps. Sa mère donnait l'impression d'être âgée d'au moins quatre-vingts ans, et elle regardait le commissaire avec des petits yeux vifs d'oiseau. Ce n'était pas d'elle que Léone tenait son gros nez, mais du père, dont un agrandissement photographique pendait au mur.

— Je quitte la concierge de la rue de Bondy.

— Elle a dû recevoir un coup.

— Oui. Elle l'aimait bien.

— Tout le monde l'aimait.

A ce mot, un peu de couleur vint sous sa peau.

— C'était un homme si bon ! se hâta-t-elle d'ajouter.

— Vous l'avez revu souvent, n'est-ce pas ?

— Il est venu me voir un certain nombre de fois. Pas ce qu'on appelle souvent. Il était très occupé, et j'habite loin du centre.

— Vous savez ce qu'il faisait, les derniers temps ?

— Je ne le lui ai jamais demandé. Il paraissait prospère. Je suppose qu'il traitait des affaires pour son compte, car il n'avait pas d'heures de bureau.

Il ne vous a jamais parlé de gens avec qui il était en rapport ?

— Nous parlions surtout de la rue de Bondy, de la maison Kaplan, de M. Max, des inventaires. C'était une grande affaire, chaque année, car nous avions un catalogue de plus de mille articles.

Elle hésita.

— Je suppose que vous avez vu sa femme ?

— Hier soir, oui.

— Qu'est-ce qu'elle a dit ?

— Elle ne comprend pas comment son mari, au moment de sa mort, pouvait porter des souliers jaunes. Elle prétend que l'assassin a dû les lui mettre aux pieds.

Elle aussi, comme la concierge, avait remarqué les souliers.

— Non. Il les portait souvent.

— Déjà à l'époque où il travaillait rue de Bondy ?

— Seulement après. Assez longtemps après.

— Qu'entendez-vous par assez longtemps ?

— Peut-être un an.

— Cela vous a surpris de lui voir des souliers jaunes ?

— Oui. C'était différent de sa façon de s'habiller.

— Qu'avez-vous pensé ?

— Qu'il avait changé.

— Il avait réellement changé ?

— Il n'était plus tout à fait le même. Il plaisantait différemment. Il lui arrivait de rire aux éclats.

— Avant, il ne riait pas ?

— Pas de la même manière. Il y a eu quelque chose dans sa vie.

— Une femme ?

C'était cruel, mais il fallait bien poser la question.

— Peut-être.

— Il vous a fait des confidences ?

— Non.

— Il ne vous a jamais fait la cour ?

Vivement, elle protesta :

— Jamais ! Je le jure ! Je suis sûre qu'il n'en a pas eu l'idée.

Le chat avait abandonné le giron de la vieille femme, pour sauter sur les genoux de Maigret.

— Laissez-le, dit-il comme elle s'apprêtait à le chasser.

Il n'osait pas fumer sa pipe.

— Je suppose que cela a été une cruelle déception pour vous tous, quand M. Kaplan a annoncé qu'il cessait son commerce ?

— Cela a été dur, oui.
— Pour Louis Thouret, en particulier ?
— M. Louis était le plus attaché à la maison. Il y avait ses habitudes. Pensez qu'il y était entré à l'âge de quatorze ans comme garçon de courses.
— D'où venait-il ?
— De Belleville. A ce qu'il m'a raconté, sa mère était veuve, et c'est elle qui est venue le présenter un jour au vieux M. Kaplan. Il portait encore des culottes courtes. Il n'est presque pas allé à l'école.
— Sa mère est morte ?
— Voilà longtemps.
Pourquoi Maigret avait-il l'impression qu'elle lui cachait quelque chose ? Elle était franche, le regardait dans les yeux, et pourtant il sentait comme un glissement furtif qui ressemblait à son pas feutré.
— Je crois savoir qu'il a eu du mal à trouver une nouvelle place.
— Qui vous l'a dit ?
— C'est ce que j'ai conclu de ce que m'a raconté la concierge.
— C'est toujours difficile, passé quarante ans, surtout quand on n'est pas spécialisé, d'obtenir du travail. Moi-même...
— Vous avez cherché ?
— Seulement pendant quelques semaines.
— Et M. Louis ?
— Il a cherché plus longtemps.
— Vous le supposez ou vous le savez ?
— Je le sais.
— Il est venu vous voir, à cette époque ?
— Oui.
— Vous l'avez aidé ?

Il en était presque sûr, à présent. Léone était une personne à posséder des économies.

— Pourquoi me parlez-vous de ça ?

— Parce que tant que je n'aurai pas une idée exacte de l'homme qu'il était ces dernières années, je n'aurai aucune chance de mettre la main sur son meurtrier.

— C'est vrai, admit-elle après réflexion. Je vais tout vous dire, mais j'aimerais que cela reste entre nous. Il ne faut surtout pas que sa femme l'apprenne. Elle est très fière.

— Vous la connaissez ?

— Il me l'a dit. Ses beaux-frères occupent de belles situations et se sont fait construire chacun une maison.

— Lui aussi.

— Il y a été obligé parce que sa femme le voulait. C'est elle qui a exigé de vivre à Juvisy, comme ses deux sœurs.

Elle ne parlait plus tout à fait de la même voix, et on devinait de sourdes rancœurs qui fermentaient depuis longtemps.

— Il avait peur de sa femme ?

— Il ne voulait faire de peine à personne. Quand nous avons tous perdu notre place, quelques semaines avant les fêtes de Noël, il s'est refusé à gâcher la fin d'année des siens.

— Il ne leur a rien dit ? Il a laissé croire qu'il travaillait toujours rue de Bondy ?

— Il espérait trouver une nouvelle situation en quelques jours, puis en quelques semaines. Seulement, il y avait la maison.

— Je ne comprends pas.

— Il la payait par annuités, et j'ai compris que c'est très grave, si un payement n'est pas fait à la date voulue.

— A qui a-t-il emprunté ?
— A M. Saimbron et à moi.
— Qui est M. Saimbron ?
— Le comptable. Lui ne travaille plus. Il vit seul dans son logement du quai de la Mégisserie.
— Il a de l'argent ?
— Il est très pauvre.
— Et, tous les deux, vous avez prêté de l'argent à M. Louis ?
— Oui. Sinon, on aurait mis leur maison en vente et ils se seraient trouvés à la rue.
— Pourquoi ne s'est-il pas adressé à M. Kaplan ?
— Parce que M. Kaplan ne lui aurait rien donné. C'est son caractère. Quand il nous a annoncé qu'il fermait ses portes, il nous a remis à chacun une enveloppe contenant trois mois de salaire. M. Louis n'osait pas garder cet argent-là sur lui, car sa femme aurait su.
— Elle fouillait son portefeuille ?
— Je ne sais pas. Sans doute. C'est moi qui lui ai gardé son argent et, chaque mois, il prenait le montant de son salaire. Puis, quand il n'y en a plus eu...
— Je comprends.
— Il m'a remboursée.
— Après combien de temps ?
— Huit ou neuf mois. Près d'un an.
— Vous êtes restée longtemps sans le voir ?
— A peu près de février à août.
— Vous n'avez pas été inquiète ?
— Non. Je savais qu'il reviendrait. Et, même s'il ne m'avait pas rendu l'argent...
— Il vous a annoncé qu'il avait trouvé une place ?

— Il m'a dit qu'il travaillait.

— Il portait déjà des souliers jaunes ?

— Oui. Il est revenu de temps en temps. Chaque fois, il m'apportait un cadeau et des douceurs pour maman.

C'était peut-être pour cela que la vieille femme regardait Maigret d'un air déçu. Les gens qui venaient chez elle en visite devaient lui apporter des sucreries, et Maigret s'était présenté les mains vides. Il se promit, s'il avait à revenir dans la maison, de se munir de bonbons, lui aussi.

— Il n'a jamais cité aucun nom devant vous ?

— Des noms de quoi ?

— Je ne sais pas. De patrons, d'amis, de camarades...

— Non.

— Il ne vous a pas parlé d'un quartier quelconque de Paris ?

— Seulement de la rue de Bondy. Il y est retourné plusieurs fois. Cela le rendait amer de voir qu'on ne démolissait toujours pas l'immeuble.

» — Encore une année de plus que nous aurions pu y rester ! soupirait-il.

Il y eut un tintement à la porte d'entrée, et Léone tendit le cou, d'un mouvement qui devait lui être machinal, pour voir qui était dans la boutique. Maigret se leva.

— Je ne veux pas vous déranger plus longtemps.

— Vous serez toujours le bienvenu.

Une femme enceinte se tenait près du comptoir. Il prit son chapeau et gagna la porte.

— Je vous remercie.

Tandis qu'il montait dans la voiture, les deux femmes le regardaient par-dessus les layettes et les lainages blancs et roses.

— Où allons-nous, patron ?

Il était onze heures du matin.

— Arrête au premier bistrot.

— Vous en avez un à côté du magasin.

Une pudeur l'empêchait d'entrer dans celui-là, sous les yeux de Léone.

— Tourne le coin de la rue.

Il voulait téléphoner à M. Kaplan, chercher dans le Bottin l'adresse exacte de M. Saimbron, quai de la Mégisserie.

Par la même occasion, puisqu'il avait commencé sa journée par un calvados, il en but un autre au comptoir.

3

L'œuf à la coque

Maigret déjeuna seul dans son coin, à la *Brasserie Dauphine.* C'était un signe, d'autant plus qu'aucune besogne urgente ne l'empêchait d'aller manger chez lui. Comme d'habitude, plusieurs inspecteurs du Quai prenaient l'apéritif et le suivirent des yeux quand il se dirigea vers sa table, toujours la même, près d'une des fenêtres d'où il pouvait voir couler la Seine.

Sans mot dire, les inspecteurs, qui n'appartenaient pourtant pas à son service, échangèrent un coup d'œil. Quand Maigret avait cette démarche lourde, ce regard un peu vague, cet air que les gens prenaient pour de la mauvaise humeur, tout le monde, à la P.J., savait ce que cela signifiait. Et, si on se permettait un sourire, on n'en ressentait pas moins un certain respect, car cela finissait tôt ou tard de la même façon : un homme — ou une femme — qui avouait son crime.

— Le veau marengo est bon ?
— Mais oui, monsieur Maigret.
Sans s'en douter, il regardait le garçon du même œil qu'il aurait regardé un présumé coupable.
— De la bière ?
— Une demi-bouteille de bordeaux rouge.
Par esprit de contradiction. Si on lui avait proposé du vin, il aurait réclamé de la bière.
Il n'avait pas encore mis les pieds au bureau de la journée. Il sortait de chez Saimbron, quai de la Mégisserie, et cette visite l'avait un peu barbouillé.
D'abord il avait téléphoné à l'adresse de M. Max Kaplan, où on lui avait répondu que celui-ci se trouvait dans sa villa d'Antibes et qu'on ignorait quand il rentrerait à Paris.
La porte d'entrée de l'immeuble, quai de la Mégisserie, était coincée entre deux boutiques où l'on vendait des oiseaux et dont les cages envahissaient une large portion du trottoir.
— M. Saimbron ? avait-il demandé à la concierge.
— Tout en haut. Vous ne risquez pas de vous tromper.
C'est en vain qu'il chercha l'ascenseur. Il n'y en avait pas, et il dut monter les six étages à pied. L'immeuble était vieux, les murs sombres et sales. Tout en haut, le palier était éclairé par un lanterneau et, à gauche, près de la porte, pendait une cordelière rouge et noire comme on en voit à certaines robes de chambre. Il la tira. Cela ne fit, à l'intérieur, qu'un petit bruit ridicule. Puis il entendit des pas légers ; la porte s'ouvrit ; il aperçut un visage quasi fantomatique, long et pâle, osseux, avec une barbe

incolore de plusieurs jours et des yeux larmoyants.

— M. Saimbron ?

— C'est moi. Donnez-vous la peine d'entrer.

La phrase, encore que courte, fut interrompue par une quinte de toux qui sonnait creux.

— Excusez-moi. Ma bronchite...

Il régnait, dans le logement, une odeur fade et écœurante. On entendait le sifflement d'un réchaud à gaz. De l'eau bouillait.

— Commissaire Maigret, de la Police Judiciaire...

— Oui. Je me doutais que vous viendriez, vous ou un de vos inspecteurs.

Sur une table couverte d'un tapis à ramages comme on n'en trouve plus qu'à la foire aux puces, le journal du matin était étalé à la page où quelques lignes annonçaient la mort de Louis Thouret.

— Vous alliez déjeuner ?

Près du journal se trouvaient une assiette, un verre d'eau colorée de vin, un quignon de pain.

— Cela ne presse pas.

— Je vous en prie. Faites comme si je n'étais pas là.

— De toute façon, mon œuf est dur, à présent.

Le vieillard se décida à aller le chercher. Le sifflement du gaz s'arrêta.

— Asseyez-vous, monsieur le commissaire. Vous feriez mieux de retirer votre pardessus, car je suis obligé de chauffer à l'excès, à cause de mes vieilles bronches.

Il devait être presque aussi vieux que la mère de Mlle Léone, mais lui n'avait personne pour prendre soin de lui. Probablement même ne recevait-il jamais de visite dans ce logement dont le seul luxe était la vue sur la Seine et, par-delà celle-ci, sur le Palais de Justice et le marché aux fleurs.

— Il y a longtemps que vous n'avez vu M. Louis ?

La conversation avait duré une demi-heure, à cause des quintes de toux, et aussi parce que M. Saimbron mangeait son œuf avec une lenteur incroyable.

Qu'est-ce que Maigret avait appris, en somme ? Rien qu'il ne sût déjà par la concierge de la rue de Bondy ou par Léone.

Pour Saimbron aussi, la fermeture de la maison Kaplan avait été une catastrophe, et il n'avait même pas cherché à trouver une autre place. Il possédait quelques économies. Pendant des années et des années, il avait cru qu'elles suffiraient à assurer ses vieux jours. A cause des dévaluations, il lui restait à peine, littéralement, de quoi ne pas mourir de faim, et cet œuf à la coque était probablement la seule nourriture solide de sa journée.

— Heureusement que j'occupe mon logement depuis quarante ans !

Il était veuf, n'avait pas d'enfant, plus aucune famille.

Il n'avait pas hésité, quand Louis Thouret était venu le voir, à lui prêter l'argent que l'autre lui demandait.

— Il m'a dit que c'était une question de vie ou de mort, et j'ai senti que c'était vrai.

Mlle Léone aussi avait prêté son argent.

— Il me l'a rendu quelques mois plus tard.

Mais, pendant ces mois-là, ne lui était-il pas arrivé de penser que M. Louis ne reviendrait jamais ? Avec quoi, dans ce cas, M. Saimbron aurait-il payé son œuf à la coque quotidien ?

— Il est souvent venu vous voir ?

— Deux ou trois fois. La première, quand il m'a apporté l'argent. Il m'a fait cadeau d'une pipe en écume.

Il alla la chercher sur une étagère. Il devait ménager le tabac aussi.

— Depuis quand ne l'avez-vous pas revu ?

— La dernière fois, c'était il y a trois semaines, sur un banc du boulevard Bonne-Nouvelle.

Est-ce que le vieux comptable restait attiré par le quartier où il avait travaillé toute sa vie et s'y rendait parfois en pèlerinage ?

— Vous lui avez parlé ?

— Je me suis assis à côté de lui. Il a voulu m'offrir un verre dans un café voisin, mais je n'ai pas accepté. Il y avait du soleil. Nous avons bavardé, en regardant les passants.

— Il portait des souliers jaunes ?

— Je n'ai pas prêté attention à ses souliers. Cela m'a échappé.

— Il ne vous a pas dit ce qu'il faisait ?

M. Saimbron hocha la tête. La même pudeur que Mlle Léone. Maigret croyait les comprendre l'un comme l'autre. Il commençait à s'attacher au personnage de M. Louis, dont il ne connaissait que le visage étonné par la mort.

— Comment vous êtes-vous quittés ?

— Il m'a semblé que quelqu'un rôdait autour du banc et adressait des signes à mon compagnon.

— Un homme ?

— Oui. Un personnage entre deux âges.

— Quel genre ?

— Du genre qu'on voit assis sur les bancs dans ce quartier-là. Il a fini par venir s'y installer, sans cependant nous parler. Je suis parti. Et, quand je me suis retourné, ils étaient tous les deux en conversation.

— Amicale ?

— Ils ne paraissaient pas se disputer.

C'était tout. Maigret avait redescendu les étages, hésité à rentrer chez lui, et fini par venir manger dans son coin de la *Brasserie Dauphine.*

Il faisait gris. La Seine était terne. Il prit encore un petit verre de calvados avec son café, gagna son bureau, où il trouva un tas de paperasses qui l'attendaient. Un peu plus tard, Coméliau, le juge, l'appelait au téléphone.

— Qu'est-ce que vous pensez de cette affaire Thouret ? Le procureur m'en a chargé ce matin et m'a annoncé que vous vous en occupiez. Crime crapuleux, je suppose ?

Maigret préféra répondre par un grognement qui ne disait ni oui ni non.

— La famille réclame le corps. Je ne voulais rien faire avant d'avoir votre assentiment. Vous en avez encore besoin ?

— Le Dr Paul l'a examiné ?

— Il vient de me donner un rapport par téléphone. Il m'enverra son rapport écrit ce soir. Le couteau a pénétré le ventricule gauche et la mort a été quasi instantanée.

— Aucune autre trace de blessures ou de coups ?

— Rien.

— Je ne vois pas d'inconvénient à ce que la famille reprenne le corps. J'aimerais seulement que les vêtements soient envoyés au laboratoire.

— D'accord. Tenez-moi au courant.

Le juge Coméliau était rarement aussi doux. C'était probablement dû à ce que la presse n'avait presque pas parlé de l'affaire et à ce qu'il concluait à un crime crapuleux. Cela ne l'intéressait pas, n'intéressait personne.

Maigret alla tisonner le poêle, bourra une pipe et, pendant près d'une heure, se plongea dans de la besogne administrative, annotant des pièces, en signant d'autres, donnant quelques coups de téléphone sans intérêt.

— Je peux entrer, patron ?

C'était Santoni, tiré à quatre épingles selon son habitude, et, comme toujours aussi, répandant une odeur de coiffeur qui faisait dire à ses collègues :

— Tu sens la putain !

Santoni était frétillant.

— Je crois que j'ai découvert une piste.

Maigret, sans s'émouvoir, le regarda de ses gros yeux troubles.

— Que je vous apprenne d'abord que la boîte où travaille la petite, Geber et Bachelier, s'occupe du recouvrement des quittances. Pas de grosses affaires. En réalité, ils rachètent à bas prix les créances désespérées et s'arrangent pour faire payer. C'est moins du travail de bureau que du harcèlement à domicile. La demoiselle Thouret ne travaille rue de Rivoli que le matin et, chaque après-midi, fait la tournée des débiteurs.

— Je comprends.

— Des petites gens, pour la plupart. Ce sont ceux-là qui se laissent impressionner et finissent par cracher. Je n'ai pas vu les patrons. J'ai attendu, dehors, la sortie des bureaux, à midi, en évitant que la demoiselle m'aperçoive, et je me suis adressé à une employée de seconde jeunesse qui, par le fait, ne doit pas aimer sa collègue.

— Le résultat ?

— Notre Monique a un petit ami.

— Tu as son nom ?

— J'y viens, patron. Il y a environ quatre mois qu'ils se connaissent et déjeunent chaque jour ensemble dans un restaurant à prix fixe du boulevard Sébastopol. Il est tout jeune, seulement dix-neuf ans, et travaille comme vendeur dans une grande librairie du boulevard Saint-Michel.

Maigret jouait avec les pipes rangées sur son bureau, puis, bien que la sienne ne fût pas finie, se mit à en bourrer une autre.

— Le gamin s'appelle Albert Jorisse. J'ai voulu voir comment il est fait et je me suis dirigé vers le prix fixe. C'était la cohue. J'ai fini par repérer la Monique à une table, mais elle y était seule. Je me suis installé dans un autre coin, et j'ai très mal mangé. La demoiselle paraissait nerveuse, regardait sans cesse du côté de la porte.

— Il n'est pas venu ?

— Non. Elle a fait traîner son repas aussi longtemps qu'elle a pu. Dans ces bouillons-là, on vous sert en vitesse et on n'aime pas les gens qui lambinent. A la fin, il a bien fallu qu'elle s'en aille et elle est restée près d'un quart d'heure à faire les cent pas sur le trottoir.

— Ensuite ?

— Elle était tellement préoccupée par celui

qu'elle attendait qu'elle ne m'a pas remarqué. Elle s'est dirigée vers le boulevard Saint-Michel, et je l'ai suivie. Vous connaissez cette librairie-là, qui fait le coin d'une rue et où il y a des boîtes de livres sur les trottoirs.

— Je connais.

— Elle est entrée, s'est adressée à un des vendeurs, qui l'a envoyée à la caisse. Je pouvais la voir insister, l'air déçu. En fin de compte, elle est repartie.

— Tu ne l'as pas suivie ?

— J'ai pensé qu'il valait mieux m'occuper du jeune homme. Je suis entré dans la librairie à mon tour et ai demandé au gérant s'il connaissait un certain Albert Jorisse. Il m'a répondu que oui, que celui-ci ne travaillait que le matin. Comme je m'étonnais, il m'a expliqué que c'est courant chez eux, qu'ils emploient surtout des étudiants et que ceux-ci ne peuvent pas toujours fournir une journée entière de travail.

— Jorisse est étudiant ?

— Attendez. J'ai voulu savoir depuis combien de temps il était à la librairie. Il a fallu chercher dans les livres. Il y travaille depuis un peu plus d'un an. Au début, il venait toute la journée. Puis, il y a environ trois mois, il a annoncé qu'il allait suivre des cours de Droit et ne pourrait plus être au magasin que le matin.

— Tu as son adresse ?

— Il vit avec ses parents avenue de Châtillon, presque en face de l'église de Montrouge. Je n'ai pas fini. Albert Jorisse ne s'est pas présenté boulevard Saint-Michel aujourd'hui, ce qui ne lui est arrivé que deux ou trois fois en un an, et chaque fois il a téléphoné pour avertir. Aujourd'hui pas.

— Il a travaillé hier ?

— Oui. J'ai pensé que cela vous intéresserait et j'ai pris un taxi pour l'avenue de Châtillon. Les parents sont de braves gens qui occupent un appartement très propre au troisième étage. La mère était occupée à repasser du linge.

— Tu lui as dit que tu es de la police ?

— Non. Je lui ai raconté que j'étais un ami de son fils, que j'avais besoin de le voir tout de suite...

— Elle t'a envoyé à la librairie ?

— Vous avez deviné. Elle ne se doute de rien. Il est parti ce matin à huit heures et quart comme d'habitude. Elle n'a jamais entendu parler de cours de Droit. Son mari est employé dans une maison de tissus en gros de la rue des Victoires. Ils ne sont pas assez riches pour payer des études au garçon.

— Qu'est-ce que tu as fait ?

— J'ai prétendu que c'était sans doute un autre Jorisse que je cherchais. Je lui ai demandé si elle avait une photographie de son fils. Elle m'en a montré une sur le buffet de la salle à manger. C'est une bonne femme, qui ne se doute de rien. Tout ce qui l'intéressait était de ne pas laisser refroidir son fer et de ne pas brûler le linge. J'ai continué à lui faire du boniment...

Maigret ne disait rien, mais ne manifestait aucun enthousiasme. On voyait bien qu'il n'y avait pas longtemps que Santoni était dans son équipe. Tout ce qu'il disait — et même le ton sur lequel il le disait — ne collait pas avec l'esprit de Maigret et de ses collaborateurs.

— En sortant, et sans qu'elle s'en aperçoive...

Il tendit la main.

— Donne.

Il savait, parbleu, que Santoni avait chipé la photo. C'était celle d'un jeune homme maigre, nerveux, aux cheveux très longs, qui devait passer auprès des femmes pour joli garçon et qui le savait.

— C'est tout ?

— On verra bien s'il rentrera chez lui ce soir, n'est-ce pas ?

Maigret soupira :

— On verra, oui.

— Vous n'êtes pas content ?

— Mais si.

A quoi bon ? Santoni s'y ferait, comme les autres s'y étaient faits. C'était toujours la même chose quand il prenait un inspecteur dans un autre service.

— Si je n'ai pas suivi la jeune fille, c'est que je sais où la retrouver. A cinq heures et demie, six heures moins le quart, au plus tard, chaque jour, elle repasse par le bureau pour déposer les sommes encaissées et faire son rapport. Vous voulez que j'y aille ?

Maigret hésita, faillit lui dire de ne plus s'occuper de rien. Mais il se rendait compte que ce serait injuste, que l'inspecteur avait travaillé de son mieux.

— Assure-toi qu'elle retourne au bureau, puis qu'elle va prendre son train.

— Peut-être son amoureux la rejoindra-t-il ?

— Peut-être. A quelle heure a-t-il l'habitude de rentrer chez ses parents ?

— Ils dînent à sept heures. Il y est toujours à ce moment-là, même quand il doit sortir le soir.

— Je suppose qu'ils n'ont pas le téléphone ?

— Non.

— La concierge non plus ?

— Je ne pense pas. Ce n'est pas une maison à avoir le téléphone. Je vais m'en assurer.

Il consulta l'annuaire classé par rues.

— Passe là-bas après sept heures et demie et questionne la concierge. Laisse-moi la photo.

Maintenant que Santoni l'avait prise, autant la garder. Elle pourrait éventuellement servir.

— Vous serez au bureau ?

— Je ne sais pas où je serai, mais reste en contact avec le Quai.

— Qu'est-ce que je fais d'ici là ? Il me reste presque deux heures avant d'aller rue de Rivoli.

— Descends aux Garnis. Il existe peut-être une fiche au nom de Louis Thouret.

— Vous croyez qu'il avait une chambre en ville ?

— Où penses-tu qu'il laissait ses souliers jaunes et sa cravate de couleur avant de rentrer chez lui ?

— C'est vrai.

Il y avait deux bonnes heures que la photographie de M. Louis avait paru dans les journaux de l'après-midi. Ce n'était qu'une petite photo, dans un coin de page, avec la mention :

Louis Thouret, qui a été assassiné hier après-

midi dans une impasse du boulevard Saint-Martin. La police suit une piste.

Ce n'était pas vrai, mais les journaux en rajoutent toujours. C'était curieux, d'ailleurs, que le commissaire n'eût pas encore reçu un seul appel téléphonique. Au fond, c'était un peu parce qu'il en attendait qu'il était rentré au bureau, où il tuait le temps à liquider les affaires courantes.

Presque toujours, dans un cas comme celui-là, des gens croient, à tort ou à raison, reconnaître la victime. Ou encore ils ont vu un suspect rôder autour des lieux du crime. La plupart de ces avis sont trouvés faux à la vérification. Il n'en arrive pas moins que, par eux, on parvienne à la vérité.

Depuis trois ans, M. Louis, comme ses anciens collègues et la concierge de la rue de Bondy l'appelaient, quittait Juvisy par le même train du matin pour y retourner par le même train du soir, et il emportait son déjeuner dans une toile cirée, comme il l'avait fait toute sa vie.

Que devenait-il, une fois débarqué du train à la gare de Lyon ? Cela restait un mystère.

Sauf pour les premiers mois, pendant lesquels, selon toutes probabilités, il avait cherché désespérément un nouvel emploi. Il avait dû, comme tant d'autres, faire la queue à la porte des journaux pour se précipiter aux adresses fournies par les petites annonces. Peut-être avait-il essayé de vendre des aspirateurs électriques de porte en porte ?

Il n'avait pas réussi, puisqu'il avait été acculé

à emprunter de l'argent à Mlle Léone et au vieux comptable.

Après quoi, pendant plusieurs mois encore, on perdait sa trace. Non seulement il lui fallait trouver l'équivalent de son salaire chez Kaplan, mais encore de quoi rembourser ses deux prêteurs.

Pendant tout ce temps-là, chaque soir, il était rentré chez lui comme si de rien n'était, avec l'air d'un homme qui vient de fournir sa journée de travail.

Sa femme n'avait rien soupçonné. Sa fille non plus. Ni ses belles-sœurs. Ni ses deux beaux-frères, qui travaillaient tous les deux au chemin de fer.

Un beau jour, enfin, il était arrivé rue de Clignancourt avec l'argent qu'il devait à Mlle Léone, un cadeau pour elle, des douceurs pour la vieille mère.

Sans compter des souliers jaunes aux pieds !

Est-ce que ces souliers jaunes étaient pour quelque chose dans l'intérêt que Maigret portait au bonhomme ? Il ne se l'avouait pas. Lui aussi, pendant des années, avait rêvé de porter des souliers caca d'oie. C'était la mode, à cette époque-là, comme celle des pardessus mastic, très courts, qu'on appelait des pets-en-l'air.

Une fois, au début de son mariage, il s'était décidé à acheter des souliers jaunes, et il avait presque rougi en entrant dans le magasin. Au fait, c'était justement boulevard Saint-Martin, en face du théâtre de l'Ambigu. Il n'avait pas osé les porter tout de suite et, quand il avait déballé le paquet devant sa femme, Mme Maigret l'avait regardé en riant d'un drôle de rire.

— Tu ne vas pas mettre ça ?

Il ne les avait jamais portés. C'était elle qui était allée les rendre, en prétendant qu'ils lui faisaient mal aux pieds.

Louis Thouret s'était acheté des souliers jaunes, lui aussi, et, aux yeux de Maigret, c'était un signe.

D'abord un signe d'affranchissement, il l'aurait juré, car, pendant tout le temps qu'il avait les fameux souliers aux pieds, il devait se considérer comme un homme libre. Cela signifiait que sa femme, les belles-sœurs, les beaux-frères, jusqu'à l'heure où il chausserait à nouveau ses souliers noirs, n'avaient pas de prise sur lui.

Cela avait un autre sens aussi. Le jour où Maigret avait acheté les siens, le commissaire du quartier Saint-Georges, où il travaillait alors, venait de lui annoncer qu'il était augmenté de dix francs par mois, dix vrais francs de l'époque.

M. Louis, lui aussi, avait dû se sentir de l'argent plein les poches. Il avait offert une pipe en écume au vieux comptable, remboursé les deux personnes qui avaient eu confiance en lui. Du coup, il pouvait retourner les voir de temps en temps, surtout Mlle Léone. Du coup, aussi, il rendrait visite à la concierge de la rue de Bondy.

Pourquoi ne leur parlait-il pas de ce qu'il faisait ?

Comme par hasard, la concierge l'avait rencontré sur un banc du boulevard Saint-Martin, un matin à onze heures.

Elle ne lui avait pas adressé la parole, avait fait un détour pour qu'il ne la voie pas. Maigret la comprenait. Ce qui la chiffonnait, c'était le banc. Un homme comme M. Louis, qui a travaillé dix heures par jour toute sa vie, et qu'on retrouve paresseusement assis sur un banc ! Pas un dimanche ! Pas après la journée ! A onze heures du matin, alors que l'activité règne dans tous les bureaux, dans tous les magasins.

C'était sur un banc aussi que, tout récemment, M. Saimbron avait aperçu son ancien collègue. Boulevard Bonne-Nouvelle, cette fois, à deux pas du boulevard Saint-Martin et de la rue de Bondy.

Dans l'après-midi, M. Saimbron n'avait pas eu la même pudeur que la concierge. Ou peut-être que Louis Thouret l'avait aperçu le premier ?

Est-ce que l'ancien magasinier avait rendez-vous avec quelqu'un ? Qui était cet homme qui avait rôdé autour du banc avec l'air d'attendre un signe pour s'y installer ?

M. Saimbron ne l'avait pas décrit, n'avait pas dû l'examiner avec attention. Ce qu'il en avait dit n'en était pas moins révélateur : « Un homme comme on en voit sur les bancs du quartier. »

Un de ces individus sans profession déterminée, qui passent des heures sur les bancs des boulevards à regarder vaguement les passants. Ceux du quartier Saint-Martin ne ressemblent pas à ceux de certains squares ou de certains jardins, à ceux du parc Montsouris, par exemple, qui sont le plus souvent des rentiers des environs.

Les rentiers ne vont pas s'asseoir boulevard Saint-Martin, ou, si cela leur arrive, c'est à la terrasse d'un café.

D'une part, il y avait les souliers jaunes ;

d'autre part, le banc ; et les deux, dans l'esprit du commissaire, n'allaient pas tout à fait ensemble.

Enfin, et surtout, il y avait le fait que M. Louis, vers quatre heures et demie d'un après-midi pluvieux et sombre, était entré dans une impasse où il n'avait apparemment que faire, que quelqu'un l'y avait suivi sans bruit et lui avait planté un couteau entre les omoplates, à moins de dix mètres de la foule qui piétinait sur le trottoir.

La photographie était parue, et personne ne téléphonait. Maigret continuait à annoter des rapports, à signer des formules administratives. Dehors, la grisaille devenait plus épaisse, tournait à l'obscurité. Il dut allumer sa lampe et, quand il vit que l'horloge de la cheminée marquait trois heures, il se leva et alla décrocher son gros pardessus.

Avant de partir, il entrouvrit la porte des inspecteurs.

— Je serai ici dans une heure ou deux.

Cela ne valait pas la peine de se servir de l'auto. Au bout du quai, il sauta sur la plateforme d'un autobus, dont il descendit quelques minutes plus tard au coin du boulevard Sébastopol et des Boulevards.

La veille, à la même heure, Louis Thouret était encore en vie, il errait dans le quartier, lui aussi, avec du temps devant lui avant d'aller changer ses souliers jaunes contre des souliers noirs et de se diriger vers la gare de Lyon pour rentrer à Juvisy.

Sur les trottoirs, la foule était épaisse. A chaque coin de rue, il fallait attendre un bon moment pour traverser, et cela formait des grappes humaines qui, au signal, se précipitaient en avant.

« C'est sûrement ce banc-là », pensa-t-il en apercevant un banc sur le trottoir opposé du boulevard Bonne-Nouvelle.

Personne n'y était assis, mais, de loin, on y voyait un papier chiffonné, un papier gras, il l'aurait juré, qui avait contenu de la charcuterie.

Des filles faisaient le trottoir au coin de la rue Saint-Martin. Il y en avait d'autres dans un petit bar, où quatre hommes jouaient aux cartes autour d'un guéridon.

Au comptoir, il reconnut une silhouette familière, celle de l'inspecteur Neveu. Il l'attendit, et une des femmes crut que c'était pour elle qu'il s'arrêtait ; il lui fit distraitement non de la tête.

Puisque Neveu était ici, il avait déjà dû les questionner. Il était du quartier et il les connaissait toutes.

— Ça va ? lui demanda Maigret quand il sortit du bistrot.

— Vous êtes venu aussi ?

— Juste faire un petit tour.

— Moi, je rôde dans le secteur depuis huit heures du matin. Si je n'ai pas interrogé cinq cents personnes, je n'en ai interrogé aucune.

— Tu as trouvé l'endroit où il déjeunait ?

— Comment le savez-vous ?

— Je me doute qu'il devait prendre son repas de midi dans le quartier, et c'était l'homme à toujours fréquenter le même endroit.

— Là-bas... dit Neveu en désignant un restaurant d'apparence paisible. Il avait une serviette et son anneau.

— Qu'est-ce qu'ils disent ?

— La serveuse qui s'occupait de lui, car il s'asseyait toujours à sa table, dans le fond, près du comptoir, est une grande jument brune avec des poils au menton. Vous savez comme elle l'appelait ?

Comme si le commissaire pouvait savoir !

— Son petit homme... C'est elle qui me l'a dit.

» — *Alors, mon petit homme, qu'est-ce que vous allez manger aujourd'hui ?*

» Elle assure qu'il en était tout content. Il lui parlait de la pluie et du beau temps. Il ne lui a jamais fait la cour.

» Les serveuses, dans ce restaurant-là, ont deux heures de liberté entre la fin du déjeuner et la mise en place pour le dîner.

» Il paraît que, plusieurs fois, en sortant vers trois heures, elle a aperçu M. Louis assis sur un banc. Chaque fois, il lui adressait un signe de la main.

» Un jour, elle lui a lancé :

» — *Dites donc, mon petit homme, vous n'avez pas l'air de vous la fouler, vous !*

» Il lui a répondu qu'il travaillait la nuit.

— Elle l'a cru ?

— Oui. Elle a l'air de l'adorer.

— Elle a lu le journal ?

— Non. C'est moi qui lui ai appris qu'il a été tué. Elle ne voulait pas le croire.

» Ce n'est pas un restaurant cher, mais ce n'est pas un prix fixe non plus. Chaque midi, M. Louis s'offrait sa demi-bouteille de vin cacheté.

— D'autres personnes l'ont vu, dans le quartier ?

— Une dizaine environ, jusqu'à présent. Une des filles qui fait le coin de la rue le rencontrait presque tous les jours. La première fois, elle a essayé de l'emmener. Il a dit non, gentiment, sans monter sur ses grands chevaux, et elle a pris l'habitude, chaque fois qu'elle le rencontrait, de lui lancer :

» — *Alors, c'est pour aujourd'hui ?*

» Ça les amusait tous les deux. Lorsqu'elle s'éloignait avec un client, il lui adressait un clin d'œil.

— Il n'a jamais suivi aucune d'elles ?

— Non.

— Elles ne l'ont pas vu avec une femme ?

— Pas elles. Un des vendeurs de la bijouterie.

— La bijouterie près de laquelle il a été tué ?

— Oui. Quand j'ai montré la photographie aux vendeurs et aux vendeuses, il y en a un qui l'a reconnu.

» — *C'est le bonhomme qui a acheté une bague la semaine dernière !* s'est-il exclamé.

— M. Louis était avec une jeune femme ?

— Pas particulièrement jeune. Le vendeur ne lui a pas prêté beaucoup d'attention, parce qu'il a cru qu'ils étaient mariés. Il a seulement remarqué qu'elle portait un renard argenté autour du cou et un collier avec un pendentif en forme de trèfle à quatre feuilles.

» — *Nous vendons les mêmes.*

— La bague était chère ?

— Du plaqué or avec un faux diamant.

— Ils n'ont rien dit devant lui ?

— Ils ont parlé comme mari et femme. Il ne se souvient pas des mots. Rien d'intéressant.

— Il la reconnaîtrait ?

— Il n'en est pas sûr. Elle était vêtue de noir, portait des gants. Elle a failli en oublier un sur le comptoir après avoir essayé la bague. C'est M. Louis qui est revenu sur ses pas pour le chercher. Elle l'attendait près de la porte. Elle est plus grande que lui. Sur le trottoir, il lui a pris le bras, et ils se sont dirigés vers la République.

— Rien d'autre ?

— Tout cela prend du temps. J'avais commencé plus haut, vers la rue Montmartre, mais, par là, je n'ai obtenu aucun résultat. J'allais oublier. Vous connaissez les marchands de gaufres de la rue de la Lune.

On y cuisait des gaufres presque en plein vent, dans des boutiques sans devanture, comme à la foire, et, dès le coin de la rue, on pouvait en sentir l'odeur sucrée.

— Ils se souviennent de lui. Il lui arrivait assez souvent de venir chercher des gaufres, toujours trois, qu'il ne mangeait pas sur place et qu'il emportait.

Les gaufres étaient énormes. La réclame affirmait que c'étaient les plus grosses de Paris, et il était improbable qu'après un copieux déjeuner le petit M. Louis eût été capable d'en dévorer trois.

Ce n'était pas l'homme non plus à aller les manger sur un banc. Etait-ce avec la femme à la bague qu'il les partageait ? Dans ce cas, elle ne devait pas habiter loin.

Peut-être les gaufres étaient-elles destinées

au compagnon que M. Saimbron avait aperçu ?

— Je continue ?

— Bien sûr.

Cela faisait un peu mal au cœur à Maigret. Il aurait aimé s'occuper de ça lui-même, comme quand il était simple inspecteur.

— Où allez-vous, patron ?

— Jeter un coup d'œil là-bas.

Il n'en espérait rien. Simplement, comme il en était à moins de cent mètres, il avait envie de revoir l'endroit où M. Louis avait été tué. L'heure était presque la même. Aujourd'hui, il n'y avait pas de brouillard. L'impasse n'en était pas moins absolument noire, et on y voyait d'autant moins qu'on restait ébloui par les lumières crues de la bijouterie.

A cause des gaufres, des souvenirs de foire qui lui revenaient, Maigret eut un instant l'idée qu'un petit besoin avait conduit Thouret dans l'impasse, mais une vespasienne, juste en face, rendait cette supposition peu plausible.

— Si seulement je pouvais retrouver la femme ! soupirait Neveu, qui devait avoir mal aux pieds après toutes ses allées et venues.

Maigret, lui, aurait préféré retrouver l'homme qui était venu s'asseoir sur le banc après en avoir silencieusement demandé la permission à M. Louis, alors que celui-ci était en conversation avec le comptable. C'est pour cela qu'il observait les bancs les uns après les autres. Sur l'un d'eux, un vieux clochard avait posé un litre de rouge, à moitié plein, à côté de lui, mais il ne s'agissait pas de lui. M. Saimbron aurait dit :

— Un clochard.

Plus loin, une grosse femme de province attendait que son mari sorte de l'urinoir et en profitait pour reposer ses jambes enflées.

— A ta place, je m'occuperais moins des magasins que des gens sur les bancs.

Il avait fait assez longtemps la voie publique, à ses débuts, pour savoir que chaque banc a ses habitués, qui l'occupent aux mêmes heures de la journée.

Les passants ne les remarquent pas. Il est rare qu'on jette un coup d'œil aux gens assis sur les bancs. Mais les occupants, eux, se connaissent entre eux. N'est-ce pas en bavardant avec la mère d'un petit garçon, sur un banc du square d'Anvers, alors qu'elle attendait l'heure de son rendez-vous chez le dentiste, que Mme Maigret, sans le vouloir, avait découvert la trace d'un assassin ?

— Vous ne voulez pas que je fasse une rafle ?

— Surtout pas cela ! Simplement t'asseoir sur les bancs et lier connaissance.

— Bien, patron, soupira Neveu, que cette perspective n'enchantait pas et qui aurait encore préféré marcher.

Il ne se doutait pas que le commissaire, lui, aurait aimé être à sa place.

4

L'enterrement sous la pluie

Le lendemain, mercredi, Maigret dut aller témoigner en Cour d'assises et perdit la plus grande partie de l'après-midi à attendre dans la pièce grisâtre réservée aux témoins. Personne n'avait pensé à ouvrir le chauffage et on commença par geler. Puis, dix minutes après qu'on eut tourné la manette, il fit trop chaud, avec une forte odeur de corps mal lavés et de vêtements jamais aérés.

On jugeait un certain René Lecœur, qui avait tué sa tante à coups de bouteille, sept mois plus tôt. Il n'avait que vingt-deux ans, un corps de fort des halles et un visage de mauvais élève.

Pourquoi n'éclaire-t-on pas mieux les salles du Palais de Justice, où la lumière est toujours mangée par la grisaille ?

Maigret sortit de là déprimé. Un jeune avocat, qui commençait à faire parler de lui, surtout par son agressivité, attaquait férocement les témoins les uns après les autres.

Avec Maigret, il essaya d'établir que l'accusé n'avait avoué qu'à la suite des mauvais traitements subis au Quai des Orfèvres, ce qui était faux. Non seulement c'était faux, mais l'avocat le savait.

— Le témoin veut-il nous dire combien d'heures a duré le premier interrogatoire de mon client ?

Le commissaire y était préparé.

— Dix-sept heures.

— Sans manger ?

— Lecœur a refusé les sandwiches qu'on lui offrait.

L'avocat semblait dire aux jurés :

— Vous voyez, messieurs ! Dix-sept heures sans manger !

Est-ce que, pendant ce temps-là, Maigret avait mangé autre chose que deux sandwiches ? Et lui n'avait tué personne !

— Le témoin reconnaît-il avoir, le 7 mars, à trois heures du matin, frappé l'accusé, sans aucune provocation de la part de celui-ci, et alors que le pauvre garçon avait des menottes aux poignets ?

— Non.

— Le témoin nie avoir frappé ?

— A certain moment, je lui ai donné une gifle, comme j'en aurais donné une à un fils.

L'avocat avait tort. Ce n'était pas comme ça qu'il fallait s'y prendre. Mais il ne se préoccupait que des réactions de l'audience et de ce que diraient les journaux.

Cette fois, contre les règles, il s'était adressé directement à Maigret, doucereux et mordant tout ensemble.

— Vous avez un fils, monsieur le commissaire ?

— Non.

— Vous n'avez jamais eu d'enfant ?... Pardon ?... Je n'ai pas entendu votre réponse...

Le commissaire avait dû répéter à voix haute qu'il avait eu une petite fille, qui n'avait pas vécu.

C'était tout. En quittant la barre, il était allé boire un verre à la buvette du Palais et était rentré dans son bureau. Lucas, qui venait de terminer une enquête en cours depuis une quinzaine de jours, s'était mis sur l'affaire Thouret.

— Pas de nouvelles du jeune Jorisse ?

— Toujours rien.

L'amoureux de Monique Thouret n'était pas rentré chez lui la veille au soir, n'avait pas reparu davantage à la librairie le matin, ni, à midi, au prix fixe du boulevard Sébastopol où il avait l'habitude de déjeuner avec la jeune fille.

C'était Lucas qui dirigeait les recherches à son sujet, en contact avec les gares, les gendarmeries, les postes-frontières.

Quant à Janvier, il continuait, en compagnie de quatre de ses collègues, à interroger les quincailliers dans l'espoir de retrouver le vendeur du couteau.

— Neveu n'a pas appelé ?

Maigret aurait dû être rentré beaucoup plus tôt au bureau.

— Il a téléphoné voilà une demi-heure. Il sonnera à nouveau vers six heures.

Maigret se sentait un peu las. L'image de René Lecœur, au banc des accusés, le poursuivait. Et aussi la voix de l'avocat, les juges figés, la foule dans la mauvaise lumière de la salle aux boiseries sombres. Cela ne le regardait pas. Une fois qu'un homme quittait la P.J. pour être remis entre les mains du juge d'instruction, le rôle du commissaire était terminé. Les choses ne se passaient pas toujours, alors, comme il l'aurait voulu. Il ne savait que trop ce qui allait arriver. Et, si ça avait été de lui...

— Lapointe n'a rien trouvé ?

Chacun avait fini par avoir une tâche déterminée. Le petit Lapointe, lui, allait de meublé en meublé, dans un périmètre toujours plus large, en partant du boulevard Saint-Martin. Il fallait bien que M. Louis change de souliers quelque part. Ou il avait une chambre à son nom, ou il disposait du logement de quelqu'un, peut-être celui de la femme au renard qui avait l'air d'une épouse légitime et à qui il avait acheté une bague.

Santoni, de son côté, continuait à s'occuper de Monique, dans l'espoir qu'Albert Jorisse essayerait d'établir un contact avec elle ou de lui donner de ses nouvelles.

La famille avait fait reprendre le corps, la veille, par une entreprise de pompes funèbres. L'enterrement était pour le lendemain.

Toujours des pièces à signer, des paperasses, des coups de téléphone sans intérêt. Il était curieux que pas une seule personne n'ait téléphoné, écrit, ou ne se soit présentée au sujet de M. Louis. C'était comme si sa mort n'eût laissé aucune trace.

— Allô ! Maigret à l'appareil.

La voix de l'inspecteur Neveu, qui était dans

un bistrot, car on entendait une musique, sans doute la radio.

— Toujours rien de précis, patron. J'ai encore trouvé trois personnes, dont une vieille femme, qui passent une partie de leur temps sur les bancs des Boulevards et se souviennent de lui. Tout le monde répète la même chose : il était très gentil, poli avec chacun, prêt à lier conversation. D'après la vieille femme, il avait l'habitude de se diriger vers la République, mais elle le perdait bientôt de vue dans la foule.

— Elle ne l'a rencontré avec personne ?

— Pas elle. Un clochard m'a dit :

» — Il attendait quelqu'un. Quand l'homme est arrivé, il s'est éloigné avec lui.

» Mais il n'a pas pu me décrire son compagnon. Il a répété :

» — Un type comme on en voit des masses.

— Continue, soupira Maigret.

Puis il téléphona à sa femme qu'il rentrerait un peu en retard, descendit prendre l'auto et donna l'adresse de Juvisy. Il ventait. Le ciel était bas et mouvant comme au bord de la mer à l'approche d'une tempête. Le chauffeur eut de la peine à retrouver la rue des Peupliers, et il y avait de la lumière non seulement à la fenêtre de la cuisine, mais dans la chambre du premier étage.

La sonnerie ne fonctionna pas. On l'avait débranchée en signe de deuil. Mais quelqu'un l'avait entendu venir et la porte s'entrouvrit ; il vit une femme qu'il ne connaissait pas, plus âgée de quatre ou cinq ans que Mme Thouret, et qui lui ressemblait.

— Commissaire Maigret... dit-il.

Et elle, tournée vers la cuisine :

— Emilie !

— J'ai entendu. Fais-le entrer.

On le reçut dans la cuisine, car la salle à manger avait été transformée en chapelle ardente. Dans l'étroit corridor régnait une odeur de fleurs et de cierges. Plusieurs personnes étaient attablées devant un dîner froid.

— Je m'excuse de vous déranger...

— Je vous présente M. Magnin, mon beau-frère, qui est contrôleur.

— Enchanté...

Magnin était du type solennel et stupide, avait des moustaches rousses et une pomme d'Adam qui saillait.

— Vous connaissez déjà ma sœur Jeanne. Celle-ci est Céline...

C'est à peine s'il y avait place pour tout le monde dans la pièce trop petite. Seule, Monique ne s'était pas levée et regardait le commissaire avec des yeux fixes. Elle devait penser que c'était pour elle qu'il était venu, pour la questionner au sujet d'Albert Jorisse, et elle était figée par la peur.

— Mon beau-frère Landin, le mari de Céline, revient cette nuit par le train bleu. Il sera juste à temps pour l'enterrement. Vous ne voulez pas vous asseoir ?

Il fit non de la tête.

— Peut-être désirez-vous le voir ?

Elle tenait à lui montrer qu'on avait bien fait les choses. Il la suivit dans la pièce suivante, où Louis Thouret était étendu dans son cercueil dont on n'avait pas encore refermé le couvercle. Tout bas, elle souffla :

— On dirait qu'il dort.

Il fit ce qu'il devait faire, trempa un brin de buis dans l'eau bénite, se signa, remua un moment les lèvres et se signa à nouveau.

— Il ne s'est pas vu partir...

Elle ajouta :

— Il aimait tant la vie !

Ils sortirent sur la pointe des pieds, et elle referma la porte. Les autres attendaient le départ de Maigret pour se remettre à manger.

— Vous comptez assister à l'enterrement, monsieur le commissaire ?

— J'y serai. C'est justement à ce sujet que je suis venu.

Monique ne bougeait toujours pas, mais cette déclaration la soulageait. Maigret n'avait pas eu l'air de prêter attention à elle, et elle se gardait de remuer, comme si cela pût suffire pour conjurer le sort.

— Je suppose que vous et vos sœurs connaissez la plupart des personnes qui assisteront aux obsèques, ce qui n'est pas mon cas.

— Je comprends ! fit le beau-frère Magnin, comme si Maigret et lui avaient eu la même pensée.

Et, tourné vers les autres, il semblait leur dire :

« — Vous allez voir ! »

— Ce que je désirerais, simplement, c'est, au cas où il y aurait quelqu'un dont la présence vous paraîtrait bizarre, que vous me le signaliez.

— Vous croyez que l'assassin sera là ?

— Pas nécessairement l'assassin. Je m'efforce de ne rien négliger. N'oubliez pas qu'une partie de la vie de votre mari, pendant ces trois dernières années, nous est inconnue.

— Vous pensez à une femme ?

Non seulement son visage était devenu plus dur, mais celui de ses deux sœurs avait pris automatiquement la même expression.

— Je ne pense à rien. Je cherche. Si, demain, vous me faites signe, je comprendrai.

— N'importe qui que nous ne connaissions pas ?

Il fit « oui » de la tête, s'excusa encore de les avoir dérangés. Ce fut Magnin qui le conduisit à la porte.

— Vous avez une piste ? demanda-t-il, d'homme à homme, comme on parle au médecin qui vient de quitter son malade.

— Non.

— Pas la moindre petite idée !

— Pas la moindre. Bonsoir.

Cette visite-là n'était pas pour dissiper la pesanteur qui lui était tombée sur les épaules en attendant son tour de témoigner au procès Lecœur. Dans l'auto qui le ramenait à Paris, il fit une réflexion qui n'avait d'ailleurs aucune importance. Quand, à vingt ans, il était arrivé dans la capitale, ce qui l'avait le plus troublé était la fermentation constante de la grande ville, cette agitation continue de centaines de milliers d'humains en quête de quelque chose.

A certains points quasi stratégiques, cette fermentation était plus sensible qu'ailleurs, par exemple les Halles, la place Clichy, la Bastille et ce boulevard Saint-Martin, où M. Louis était allé mourir.

Ce qui le frappait autrefois, ce qui lui communiquait une fièvre romantique, c'étaient, dans cette foule en perpétuel mouvement, ceux qui avaient lâché la corde, les découragés, les battus, les résignés qui se laissaient aller à vau-l'eau.

Depuis, il avait appris à les connaître, et ce n'étaient plus ceux-là qui l'impressionnaient, mais ceux de l'échelon au-dessus, décents et propres, sans pittoresque, qui luttaient jour après jour pour surnager, ou pour se faire illusion, pour croire qu'ils existaient et que la vie vaut la peine d'être vécue.

Pendant vingt-cinq ans, chaque matin, M. Louis avait pris le même train, le matin, avec les mêmes compagnons de wagon, son déjeuner sous le bras dans une toile cirée, et, le soir, il avait retrouvé ce que Maigret avait envie d'appeler la maison des trois sœurs, car Céline et Jeanne avaient beau habiter d'autres rues, elles étaient toutes les trois présentes, bouchant l'horizon comme un mur de pierre.

— Au bureau, patron ?

— Non. Chez moi.

Ce soir-là, il conduisit Mme Maigret au cinéma, boulevard Bonne-Nouvelle, comme d'habitude, passant deux fois, au bras de sa femme, devant l'impasse du boulevard Saint-Martin.

— Tu es de mauvaise humeur ?

— Non.

— Tu ne m'as rien dit de la soirée.

— Je ne m'en suis pas aperçu.

La pluie commença à trois ou quatre heures du matin et, dans son sommeil, il entendit l'eau dévaler dans les gouttières. Quand il prit son petit déjeuner, elle tombait à seaux, par rafales, et, sur les trottoirs, les gens se cramponnaient à leur parapluie, qui menaçait sans cesse de se retourner.

— Un temps de Toussaint, remarqua Mme Maigret.

Dans son souvenir à lui, la Toussaint était grise, venteuse et froide, mais sans pluie : il n'aurait pas pu dire pourquoi.

— Tu as beaucoup de travail ?

— Je ne sais pas encore.

— Tu ferais mieux de mettre tes caoutchoucs.

Il le fit. Avant d'avoir trouvé un taxi, il avait déjà les épaules détrempées et, dans la voiture, de l'eau froide dégouttait de son chapeau.

— Quai des Orfèvres.

L'enterrement était à dix heures. Il passa un moment dans le bureau du chef, sans assister à la fin du rapport. Il attendait Neveu, qui devait venir le chercher. Il l'emmenait à tout hasard, car l'inspecteur, à présent, connaissait de vue des quantités de gens du quartier Saint-Martin, et Maigret suivait son idée.

— Toujours aucune nouvelle de Jorisse ? demanda-t-il à Lucas.

Sans raison sérieuse, Maigret était convaincu que le jeune homme n'avait pas quitté Paris.

— Tu devrais dresser une liste de ses amis, de tous ceux qu'il a fréquentés ces dernières années.

— J'ai commencé.

— Continue !

Il emmena Neveu, qui paraissait, détrempé lui aussi, dans l'encadrement de la porte.

— Beau temps, pour un enterrement ! grommela l'inspecteur. J'espère qu'il y aura des voitures ?

— Sûrement pas.

A dix heures moins dix, ils étaient devant la maison mortuaire, où l'on avait tendu des draps noirs à lames d'argent devant la porte. Des gens stationnaient, leur parapluie à la main, sur le trottoir non pavé où la pluie délayait la glaise jaunâtre et formait des rigoles.

Quelques-uns entraient, faisaient un petit tour dans la chambre mortuaire et ressortaient, le visage grave et important, conscients de la tâche qu'ils venaient d'accomplir. Il devait y avoir une cinquantaine de personnes, mais on en apercevait d'autres qui se tenaient à l'abri sur le seuil des maisons voisines. Il y aurait les voisins aussi, qui guettaient de leur fenêtre et ne sortiraient qu'à la dernière minute.

— Vous n'entrez pas, patron ?

— Je suis venu hier.

— Ça n'a pas l'air gai, là-dedans.

Neveu ne parlait évidemment pas de l'atmosphère de ce jour-là, mais de la maison en général. C'était pourtant le rêve de milliers de gens d'en posséder une semblable.

— Pourquoi sont-ils venus habiter ici ?

— A cause des sœurs et des beaux-frères.

On remarquait plusieurs hommes en uniforme des chemins de fer. La gare de triage n'était pas loin. La plus grande partie du lotissement était habitée par des gens qui, de près ou de loin, avaient à faire avec le train.

Le corbillard arriva d'abord. Puis, marchant vite sous son parapluie, un prêtre en surplis, qu'un enfant de chœur précédait en portant la croix.

Rien, dans cette rue, n'arrêtait le vent, qui

plaquait aux corps les vêtements trempés. Le cercueil fut tout de suite mouillé. Tandis que la famille attendait dans le corridor, il y eut des chuchotements entre Mme Thouret et ses sœurs. Peut-être n'y avait-il pas assez de parapluies ?

Elles étaient en grand deuil, les deux beaux-frères aussi, et, derrière eux, venaient les filles, Monique et ses trois cousines.

Cela faisait sept femmes en tout, et Maigret aurait juré que les jeunes se ressemblaient autant que les mères. C'était une famille de femmes, où on avait l'impression que les hommes étaient conscients de leur minorité.

Les chevaux s'ébrouèrent. La famille prit place derrière le corbillard. Puis des gens qui devaient être des amis ou des voisins, et qui avaient droit aux premiers rangs.

Le reste suivit à la queue leu leu, en débandade, à cause des rafales de pluie, et il y en avait qui marchaient sur les trottoirs, en rasant les maisons.

— Tu ne reconnais personne ?

Personne de l'espèce qu'ils cherchaient. Aucune femme, d'abord, qui aurait pu jouer le rôle de la femme à la bague. Il y avait bien un col de renard, mais le commissaire l'avait vue sortir d'une maison de la rue et refermer la porte à clef derrière elle. Quant aux hommes, on n'en imaginait aucun assis sur un banc du boulevard Saint-Martin.

Maigret et Neveu n'en restèrent pas moins jusqu'au bout. Heureusement qu'il n'y eut pas de messe, seulement une absoute, et on ne se donna pas la peine de fermer les portes de l'église, dont les dalles furent instantanément couvertes de mouillé.

Deux fois, les regards de Monique et du commissaire se croisèrent, et les deux fois il sentit que la peur serrait la poitrine de la jeune fille.

— Nous allons jusqu'au cimetière ?

— Il n'est pas loin. On ne sait jamais.

Il fallut patauger dans la boue jusqu'aux chevilles, car la fosse se trouvait dans une section neuve, aux allées à peine tracées. Chaque fois qu'elle apercevait Maigret, Mme Thouret regardait autour d'elle avec attention pour lui montrer qu'elle se souvenait de sa recommandation. Quand il alla, comme les autres, présenter ses condoléances à la famille rangée devant la fosse, elle murmura :

— Je n'ai remarqué personne.

Elle avait le nez rouge, à cause du froid, et la pluie avait lavé sa poudre de riz. Les quatre cousines, elles aussi, étaient luisantes.

Ils attendirent encore un peu devant la grille, finirent par entrer dans le caboulot d'en face, où Maigret commanda deux grogs. Ils ne furent pas les seuls. Quelques minutes plus tard, la moitié de l'enterrement avait envahi le petit café et piétinait le carrelage pour se réchauffer les pieds.

De toutes les conversations il ne retint qu'une phrase :

— Elle n'a pas de pension ?

Les belles-sœurs, elles, en auraient, parce que leur mari était au chemin de fer. En somme, M. Louis avait toujours été le parent pauvre. Non seulement ce n'était qu'un magasinier, mais il ne toucherait jamais de pension.

— Qu'est-ce qu'elles vont faire ?

— La fille travaille. Sans doute qu'elles prendront un locataire.

— Tu viens, Neveu ?

La pluie les accompagna jusqu'à Paris, où on la voyait crépiter sur les trottoirs et où les voitures avaient d'épaisses moustaches d'eau boueuse.

— Où est-ce que je te dépose ?

— Ce n'est pas la peine que j'aille me changer, puisqu'il me faudra quand même remettre ça. Laissez-moi à la P.J. Je prendrai un taxi pour le commissariat.

Il y avait les mêmes traces dans les couloirs de la P.J. que sur les dalles de l'église, le même air humide et froid. Un type, menottes aux mains, attendait sur un banc près de la porte du commissaire des jeux.

— Rien de nouveau, Lucas ?

— Lapointe a téléphoné. Il est à la *Brasserie de la République*. Il a trouvé la chambre.

— Celle de Louis ?

— Il le prétend, bien que la propriétaire ne se montre pas encline à aider les recherches.

— Il a dit de l'appeler ?

— A moins que vous préfériez le rejoindre.

Maigret aimait mieux ça, car il lui répugnait, détrempé comme il l'était, de s'asseoir à son bureau.

— Rien d'autre ?

— Une fausse alerte au sujet du jeune homme. On croyait l'avoir retrouvé dans la salle d'attente de la gare Montparnasse. Ce n'est pas lui. Juste quelqu'un qui lui ressemble.

Maigret reprit la petite auto noire et, quelques minutes plus tard, il pénétrait dans la brasserie de la place de la République où

Lapointe était assis près du poêle, devant une tasse de café.

— Un grog ! commanda-t-il.

Il lui semblait qu'une partie de l'eau froide qui tombait du ciel lui était entrée dans les narines, et il s'attendait à un rhume de cerveau. Peut-être à cause de la tradition qui veut qu'on attrape des rhumes aux enterrements ?

— Où est-ce ?

— A deux pas d'ici. C'est un hasard que j'aie trouvé, car ce n'est pas un hôtel meublé et la maison ne figure pas sur nos listes.

— Tu es sûr que c'est là ?

— Vous verrez vous-même la patronne. Je passais rue d'Angoulême, pour me rendre d'un boulevard à l'autre, quand, à une fenêtre, j'ai aperçu un écriteau : *Chambre à louer.* C'est une petite maison sans concierge, avec seulement deux étages. J'ai sonné, demandé à visiter la chambre. Tout de suite, j'ai tiqué sur la propriétaire, une femme d'un certain âge, qui a été rousse et qui a peut-être été belle, mais qui est maintenant décolorée, le cheveu rare, le corps avachi dans un peignoir bleu ciel.

» — C'est pour vous ? qu'elle m'a dit avant de se décider à ouvrir la porte tout à fait. Vous êtes seul ?

» J'entendis une porte qu'on entrouvrait au premier. J'ai entrevu une tête qui se penchait un instant au-dessus de la rampe, une jolie fille, celle-là, en peignoir, elle aussi.

— Un bordel ?

— Probablement pas tout à fait. Je ne jurerais pas que la patronne ne soit pas une ancienne sous-maîtresse.

» — Vous voulez louer au mois ? Où est-ce que vous travaillez ?

» Elle a fini par me conduire au second étage, dans une chambre qui donne sur la cour et qui n'est pas mal meublée. Un peu trop feutrée à mon goût, avec beaucoup de velours et de soie de mauvaise qualité, et une poupée sur le divan. Cela sentait encore la femme.

» — Qui vous a donné mon adresse ?

» J'ai failli lui répondre que j'avais lu l'écriteau. Tout le temps que je lui parlais, cela me gênait de voir un sein mou qui menaçait de glisser hors du peignoir.

» — Un de mes amis, ai-je dit.

» J'ai ajouté, à tout hasard :

» — Il m'a affirmé qu'il habitait chez vous.

» — Qui est-ce ?

» — M. Louis.

» Alors j'ai compris qu'elle le connaissait. Elle a changé d'expression. Elle a même changé de voix.

» — Connais pas ! a-t-elle laissé tomber sèchement. Vous avez l'habitude de rentrer tard ?

» Elle cherchait à se débarrasser de moi.

» — Au fait, continuai-je en jouant l'innocent, mon ami est peut-être ici pour le moment. Il ne travaille pas de la journée et ne se lève pas de bonne heure.

» — Est-ce que vous prenez la chambre, oui ou non ?

» — Je la prends, mais...

» — C'est payable d'avance.

» J'ai tiré mon portefeuille de ma poche. Comme par inadvertance, j'en ai sorti la photographie de M. Louis.

» — Tenez ! Voilà justement un portrait de mon ami.

» Elle n'y a jeté qu'un coup d'œil.

» — Je ne crois pas que nous nous entendions tous les deux, a-t-elle déclaré en marchant vers la porte.

» — Mais...

» — Si cela ne vous fait rien de descendre, j'ai mon dîner qui va brûler.

» Je suis certain qu'elle le connaît. Quand je suis sorti, un rideau a bougé. Elle doit être sur le qui-vive.

— Allons-y ! dit Maigret.

Bien que ce fût à deux pas, ils prirent la voiture, qui s'arrêta devant la maison. Le rideau bougea une fois de plus. La femme qui vint ouvrir ne s'était pas habillée et était toujours dans le même peignoir, dont le bleu lui allait aussi mal que possible.

— Qu'est-ce que c'est ?

— Police Judiciaire.

— Que voulez-vous ? Je me doutais bien que ce jeune hurluberlu me chercherait des histoires ! grommela-t-elle avec un mauvais regard à Lapointe.

— Nous serions mieux à l'intérieur pour causer.

— Oh ! je ne vous empêche pas d'entrer. Je n'ai rien à cacher.

— Pourquoi n'avez-vous pas admis que M. Louis était votre locataire ?

— Parce que cela ne regardait pas ce jeune homme.

Elle avait ouvert la porte d'un petit salon surchauffé, où il y avait partout des coussins de couleur criarde, avec des chats brodés, des cœurs, des notes de musique. Comme le jour passait à peine à travers les rideaux, elle alluma une lampe sur pied au vaste abat-jour orange.

— Qu'est-ce que vous me voulez, au juste ?

Maigret, à son tour, tira de sa poche la photographie de M. Louis qu'on venait d'enterrer.

— C'est bien lui, n'est-ce pas ?

— Oui. Vous finiriez quand même par le savoir.

— Depuis combien de temps était-il votre locataire ?

— Environ deux ans. Peut-être un peu plus.

— Vous en avez beaucoup ?

— Des locataires ? La maison est trop grande pour une femme seule. Les gens, à l'heure d'aujourd'hui, ne trouvent pas facilement à se loger.

— Combien ?

— Pour le moment, j'en ai trois.

— Et une chambre libre ?

— Oui. Celle que j'ai montrée à ce gamin. J'ai eu tort de ne pas me méfier de lui.

— Que savez-vous de M. Louis ?

— C'était un homme paisible, qui ne créait aucun trouble. Comme il travaillait la nuit...

— Vous savez où il travaillait ?

— Je n'ai pas eu la curiosité de le lui demander. Il partait le soir et rentrait le matin. Il n'avait pas besoin de beaucoup de sommeil. Je lui ai souvent dit qu'il devrait dormir davantage, mais il paraît que tous ceux qui travaillent la nuit sont comme ça.

— Il recevait beaucoup ?

— Qu'est-ce que vous voulez savoir, exactement ?

— Vous lisez les journaux...

Il y avait un journal du matin ouvert sur un guéridon.

— Je vous vois venir. Mais, d'abord, j'ai besoin d'être sûre que vous ne me chercherez pas d'ennuis. Je connais la police.

Maigret, lui, était certain qu'en fouillant les archives de la police des mœurs on retrouverait la fiche de cette femme-là.

— Je ne crie pas sur les toits que je prends des locataires, et je ne les signale pas. Ce n'est pas un crime. N'empêche que, si on tient à m'embêter...

— Cela dépendra de vous.

— Vous promettez ? D'abord, quel est votre grade ?

— Commissaire Maigret.

— Bon ! Compris ! C'est plus sérieux que je ne pensais. Ce sont surtout vos collègues des Mœurs qui me font...

Et elle sortit tout à trac un mot si vulgaire qu'il fit presque rougir Lapointe.

— Je sais qu'il a été assassiné, d'accord. Mais je ne sais rien d'autre.

— Quel nom vous a-t-il donné ?

— M. Louis. C'est tout.

— Il recevait une femme brune, d'un certain âge.

— Une belle personne, qui n'a pas plus de quarante ans et qui sait se tenir.

— Il la recevait souvent ?

— Trois ou quatre fois par semaine.

— Vous connaissez son nom ?

— Je l'appelais Mme Antoinette.

— En somme, vous avez l'habitude d'appeler les gens par leur prénom ?

— Je ne suis pas curieuse.

— Elle restait longtemps là-haut ?

— Le temps qu'il faut.

— Tout l'après-midi ?

— Des fois. D'autres fois, seulement une heure ou deux.

— Elle ne venait jamais le matin ?

— Non. Peut-être que cela est arrivé, mais pas souvent.

— Vous avez son adresse ?

— Je ne la lui ai pas demandée.

— Vos autres locataires sont des femmes ?

— Oui. M. Louis est le seul homme qui...

— Il n'a jamais entretenu de rapports avec elles ?

— Vous voulez dire faire l'amour ? Si c'est ça, non. J'ajouterai qu'il ne paraissait pas porté sur la chose. S'il l'avait voulu...

— Il les fréquentait ?

— Il leur parlait. Elles allaient parfois frapper à sa porte pour lui demander du feu, ou une cigarette, ou le journal.

— C'est tout ?

— Ils bavardaient. Parfois, aussi, il faisait une belote à deux avec Lucile.

— Elle est là-haut ?

— Elle est en vadrouille depuis deux jours. C'est fréquent. Elle a dû trouver quelqu'un. N'oubliez pas que vous m'avez promis de ne pas m'attirer d'ennuis. Ni à mes locataires.

Il ne répéta pas qu'il n'avait rien promis du tout.

— Personne d'autre n'est venu le voir ?

— Quelqu'un, deux ou trois fois, il n'y a pas très longtemps, a demandé après lui.

— Une jeune fille ?

— Oui. Elle n'est pas montée. Elle m'a priée de l'avertir qu'elle l'attendait.

— Elle a donné son nom ?

— Monique. Elle est restée dans le corridor, refusant même de pénétrer dans le salon.

— Il est descendu ?

— La première fois, il lui a parlé pendant quelques minutes, à voix basse, et elle est repartie. Les autres fois, il est sorti avec elle.

— Il ne vous a pas dit qui elle était ?

— Il m'a seulement demandé si je la trouvais jolie.

— Qu'avez-vous répondu ?

— Qu'elle était gentille comme on l'est aujourd'hui à son âge, mais que dans quelques années ce serait un vrai cheval.

— Quelles autres visites a-t-il reçues ?

— Vous ne voulez pas vous asseoir ?

— Merci. Il est inutile de mouiller vos coussins.

— Je tiens la maison aussi propre que je peux. Attendez. Il est venu quelqu'un d'autre, un jeune homme, qui n'a pas dit son nom. Quand je suis allée annoncer à M. Louis qu'il était en bas, il a paru agité. Il m'a priée de le faire monter. Le jeune homme est resté une dizaine de minutes.

— Il y a combien de temps de cela ?

— C'était en plein mois d'août. Je me souviens de la chaleur et des mouches.

— Il est revenu ?

— Ils sont rentrés une fois ensemble, comme s'ils s'étaient rencontrés dans la rue. Ils sont encore montés. Le jeune homme est reparti tout de suite.

— C'est tout ?

— Il me semble que cela en fait un paquet. Maintenant, je suppose que vous allez me demander de monter, vous aussi ?

— Oui.

— C'est au second, la chambre en face de celle que j'ai montrée à votre sous-verge, celle qui donne sur la rue et que nous appelons la chambre verte.

— J'aimerais que vous nous accompagniez.

Elle soupira, se hissa en soupirant le long des deux étages.

— N'oubliez pas que vous m'avez promis...

Il haussa les épaules.

— D'ailleurs, s'il vous prenait l'idée de me jouer un tour de cochon, je dirais au tribunal que tout ce que vous racontez n'est pas vrai.

— Vous avez la clef ?

Par l'entrebâillement d'une porte, à l'étage inférieur, il aperçut une jeune femme qui les regardait, complètement nue, une serviette de bain à la main.

— J'ai un passe-partout.

Et, se tournant vers la cage d'escalier :

— C'est pas les Mœurs, Yvette !

5

La veuve du sergent de ville

Le mobilier de la chambre avait dû être acheté dans une salle de vente du quartier. En noyer « massif », il datait de cinquante ou soixante ans et comportait entre autres meubles une vaste armoire à glace.

Ce qui avait le plus frappé Maigret, en entrant, c'était, sur la table ronde couverte d'une indienne, une cage où un canari s'était tout de suite mis à sautiller. Cela lui rappela le quai de la Mégisserie, le logement de M. Saimbron, et il aurait parié que Louis Thouret avait acheté l'oiseau une fois qu'il était allé voir le vieux comptable.

— Je suppose que c'est à lui ?

— Il l'a apporté il y a peut-être un an. Il s'est laissé refaire, car l'oiseau ne chante pas. C'est une femelle qu'on lui a refilée pour un mâle.

— Qui faisait le ménage ?

— Je loue les chambres avec les meubles et le linge, mais sans service. J'ai essayé, jadis.

J'ai eu trop d'ennuis avec les bonnes. Comme mes locataires sont presque toujours des femmes...

— M. Louis nettoyait sa chambre ?

— Il faisait le lit, la toilette et prenait les poussières. Une fois par semaine, par exception pour lui, je montais donner un coup de torchon.

Elle restait debout dans l'encadrement de la porte et cela gênait un peu le commissaire. A ses yeux, ce n'était pas une chambre ordinaire. C'était l'endroit que M. Louis avait choisi pour s'y réfugier. Autrement dit, les choses qui s'y trouvaient ne correspondaient pas, comme c'est presque toujours le cas, aux petites nécessités de la vie, mais à un goût personnel, presque secret.

Dans l'armoire à glace, il n'y avait pas un seul complet, mais trois paires de souliers jaunes soigneusement conservés sur des embauchoirs. On voyait aussi, sur la tablette, un chapeau gris perle qu'il n'avait pas porté souvent, qu'il avait dû s'acheter, un jour de folie, par protestation contre l'atmosphère de Juvisy.

— Il fréquentait les courses ?

— Je ne crois pas. Il ne m'en a jamais parlé.

— Il vous parlait souvent ?

— En passant, il lui arrivait de s'arrêter dans le salon et de bavarder.

— Il était gai ?

— Il paraissait content de la vie.

Toujours par protestation contre les goûts de sa femme, il s'était offert une robe de chambre à ramages et une paire de pantoufles en chevreau rouge.

La pièce était en ordre, chaque chose à sa

place, sans poussière sur les meubles. Dans un placard, Maigret trouva une bouteille de porto entamée, deux verres à pied. Et, à un crochet, un imperméable.

Il n'avait pas pensé à ça. Quand il pleuvait dans le milieu de la journée et qu'il ne pleuvait pas le soir, M. Louis ne pouvait pas rentrer à Juvisy avec les vêtements mouillés.

Il passait des heures à lire. Sur la commode se trouvait tout un rang de livres, des éditions populaires, des romans de cape et d'épée, avec seulement deux ou trois romans policiers, qui n'avaient pas dû lui plaire, car il n'en avait pas racheté d'autres.

Son fauteuil était près de la fenêtre. Tout à côté, sur un guéridon, on voyait une photographie dans un cadre en acajou, une femme d'une quarantaine d'années, très brune, vêtue de noir. Elle correspondait à la description du vendeur de la bijouterie. Elle devait être grande, à peu près de la taille de Mme Thouret, aussi forte que celle-ci, d'une chair aussi drue, et elle avait ce que dans certains milieux on appelle une belle prestance.

— C'est elle qui venait le voir plus ou moins régulièrement ?

— Oui.

Il trouva d'autres photographies dans un tiroir, de ces photos qu'on prend dans les cabines de photomaton, et il y en avait de M. Louis aussi, le visage un peu effacé, dont une avec son chapeau gris perle.

En dehors de deux paires de chaussettes et de quelques cravates, le logement ne contenait pas d'autres effets personnels, ni chemises, ni caleçons, pas de papiers non plus, de vieilles lettres, de ces mille riens dont on encombre petit à petit les tiroirs.

Maigret, qui se souvenait de son enfance et des jours où il lui était arrivé d'avoir quelque chose à cacher à ses parents, prit une chaise, la posa près de l'armoire à glace, dont il examina le dessus. Comme dans la plupart des maisons, il y avait là une épaisse couche de poussière, mais on voyait distinctement un rectangle grand comme une large enveloppe ou comme un livre, où un objet avait été posé.

Il ne fit aucune réflexion. La femme le suivait toujours des yeux et, comme Lapointe l'avait dit, un de ses seins, toujours le même, avait tendance à s'échapper du peignoir, mou et fluide comme de la pâte à pain.

— Il avait une clef de la chambre ?

On n'avait trouvé, sur lui, que la clef de la maison de Juvisy.

— Il en avait une, mais me la laissait en sortant.

— Les autres locataires font la même chose ?

— Non. Il m'a dit qu'il perdait tout, qu'il préférait laisser sa clef en bas et la prendre avant de monter. Comme il ne rentrait jamais le soir ni la nuit...

Maigret retira le portrait de son cadre. Avant de sortir, il donna de l'eau fraîche au canari, rôda encore un peu dans la pièce.

— Je reviendrai probablement, annonça-t-il.

Elle les précéda dans l'escalier.

— Je suppose qu'il est inutile que je vous offre un petit verre ?

— Vous avez le téléphone ? Donnez-moi

donc votre numéro. Il est possible que j'aie un renseignement à vous demander.

— Bastille 22-51.

— Votre nom ?

— Mariette. Mariette Gibon.

— Je vous remercie.

— C'est tout ?

— Pour le moment.

Ils plongèrent vers l'auto, Lapointe et lui, sous la pluie qui tombait toujours avec la même force.

— Roule jusqu'au coin de la rue, commanda Maigret.

Et à Lapointe :

— Tu vas retourner chez elle. J'ai oublié ma pipe, dans la chambre du haut.

Maigret n'avait jamais oublié sa pipe nulle part. D'ailleurs, il en avait toujours deux en poche.

— Exprès ?

— Oui. Tu occuperas la Mariette pendant quelques minutes et me rejoindras ici.

Il désignait un petit bar où on vendait du bois et du charbon. Quant à lui, il se précipita vers le téléphone, appela la P.J.

— Lucas, s'il vous plaît... C'est toi, Lucas ?... Donne tout de suite des instructions pour qu'on branche le numéro suivant sur la table d'écoute : Bastille 22-51...

Puis, en attendant Lapointe, comme il n'avait rien à faire que boire son petit verre au comptoir, il étudia la photographie. Cela ne le surprenait pas que Louis ait choisi une maîtresse du même type physique que sa femme. Il se demandait seulement si elle avait le même caractère. C'était possible.

— Voici votre pipe, patron.

— Elle n'était pas en train de téléphoner quand tu es arrivé ?

— Je ne sais pas. Il y avait deux femmes avec elle.

— La femme nue ?

— Elle avait passé un peignoir.

— Tu peux aller déjeuner. Je te verrai au Quai cet après-midi. Je garde la voiture.

Il donna l'adresse de Léone, rue Clignancourt, se fit arrêter, en chemin, devant une confiserie, où il acheta une boîte ce chocolats qu'il tint sous son pardessus pour traverser le trottoir. Cela lui paraissait incongru de pénétrer dans un magasin comme celui-là, où s'étalaient des choses si légères et si fragiles, avec des vêtements détrempés, mais il n'avait pas le choix. Gauchement, il tendit la boîte de chocolats en disant :

— Pour votre maman.

— Vous y avez pensé ?

Probablement à cause de l'humidité, il faisait encore plus chaud que la fois précédente.

— Vous ne voulez pas la lui donner vous-même ?

Il préférait rester dans le magasin, où on gardait encore un certain contact avec la vie du dehors.

— J'ai seulement à vous montrer cette photographie.

Elle y jeta un coup d'œil, dit tout de suite :

— C'est Mme Machère !

Il fut content. Ce n'était pas une de ces victoires dont les journaux font un gros titre. Ce n'était à peu près rien. Mais cela lui prouvait qu'il ne s'était pas trompé sur le compte de

M. Louis. Celui-ci n'était pas l'homme à avoir ramassé une femme dans la rue, ou dans une brasserie. Le commissaire ne le voyait pas faire des avances à une inconnue.

— Comment se peut-il que vous la connaissiez ? questionna-t-il.

— Parce qu'elle a travaillé chez Kaplan. Pas longtemps. Seulement six ou sept mois. Pourquoi me montrez-vous ce portrait ?

— C'était la bonne amie de M. Louis.

— Ah !

Il lui faisait mal, bien sûr, mais ne pouvait pas l'éviter.

— Vous n'avez jamais rien remarqué, quand ils étaient tous les deux rue de Bondy ?

— Je jurerais qu'il n'y a jamais rien eu. Elle travaillait à la manutention, avec dix ou quinze autres, selon l'époque de l'année. C'est la femme d'un agent de police, je m'en souviens fort bien.

— Pourquoi a-t-elle quitté son travail ?

— Je crois qu'elle a dû subir une opération.

— Je vous remercie. Pardonnez-moi de vous avoir dérangée à nouveau.

— Vous ne me dérangez pas. Vous avez vu M. Saimbron ?

— Oui.

— Dites-moi. M. Louis ne vivait pas avec cette femme ?

— Elle lui rendait visite dans la chambre qu'il avait louée près de la République.

— Je suis persuadée que c'était une amie, qu'il n'y avait rien entre eux.

— C'est possible...

— Si les livres de la maison existaient

encore, je pourrais vous donner son adresse, mais j'ignore ce qu'ils sont devenus.

— Du moment qu'il s'agit de la femme d'un agent de police, je trouverai. Vous avez dit Machère, n'est-ce pas ?

— A moins que ma mémoire me trompe, son petit nom est Antoinette.

— Au revoir, mademoiselle Léone.

— Au revoir, monsieur Maigret.

Il s'échappa, car la vieille femme s'agitait dans l'arrière-boutique, et il n'avait pas le courage d'aller la voir.

— A la Préfecture.

— Au Quai ?

— Non. A la Police Municipale.

Il était midi. Les gens qui sortaient des bureaux et des magasins hésitaient à traverser les rues pour se précipiter vers leur restaurant habituel. Il y avait des groupes sur tous les seuils, avec la même résignation morne dans le regard. Les journaux des kiosques étaient détrempés.

— Tu m'attends.

Il trouva le bureau du chef du personnel, s'informa d'un certain Machère. Quelques minutes plus tard, il apprenait qu'il y avait bien eu un Machère, sergent de ville, mais qu'il avait été tué au cours d'une bagarre, deux ans plus tôt. Il habitait à cette époque-là avenue Daumesnil. On servait une pension à sa veuve. Le couple n'avait pas d'enfants.

Maigret prit note de l'adresse. Pour gagner du temps, il appela Lucas au bout du fil, ce qui lui évitait de traverser le boulevard du Palais.

— Elle n'a pas téléphoné ?

— Pas jusqu'à présent.

— On ne l'a pas appelée non plus ?

— Pas elle. Seulement une des filles, une certaine Olga, au sujet d'un essayage. L'appel venait bien d'une couturière de la place Saint-Georges.

Il déjeunerait plus tard. Il se contenta, en passant, d'avaler un apéritif dans un bar et replongea dans la petite auto noire.

— Avenue Daumesnil.

C'était assez loin dans l'avenue, à proximité de la station de métro. L'immeuble était quelconque, petit-bourgeois, triste d'aspect.

— Mme Machère, s'il vous plaît ?

— Quatrième gauche.

Il y avait un ascenseur qui montait par saccades, avec des velléités de s'arrêter sans cesse entre deux étages. Le bouton de cuivre, sur la porte, était bien astiqué, le paillasson propre. Il sonna. Tout de suite, il entendit des pas à l'intérieur.

— Un instant ! lui cria-t-on à travers le panneau.

Elle devait être en négligé et passer une robe. Celle-ci n'était pas le genre de femme à se montrer en peignoir, même à l'employé du gaz.

Elle regarda Maigret sans mot dire, mais il vit bien qu'elle était émue.

— Entrez, monsieur le commissaire.

Elle était comme sur ses photographies, comme le commis bijoutier l'avait décrite, grande et forte, d'allure paisible, maîtresse d'elle-même. Elle avait reconnu Maigret. Et, bien entendu, elle savait pourquoi il était là.

— Par ici... J'étais en train de faire mon ménage...

Ses cheveux n'en étaient pas moins bien coiffés et elle portait une robe sombre dont une seule pression n'était pas attachée. Le parquet luisait. Près de la porte, on voyait deux patins de feutre sur lesquels elle devait glisser quand elle rentrait, les pieds mouillés.

— Je vais tout salir.

— Cela n'a pas d'importance.

C'était, en moins neuf, mais en mieux astiqué, le même intérieur qu'à Juvisy, avec presque les mêmes bibelots sur les meubles et, au-dessus du dressoir, la photographie d'un sergent de ville au cadre de laquelle on avait accroché une médaille.

Il n'essaya pas de l'embarrasser, ni de l'avoir par surprise. D'ailleurs, il n'y aurait pas eu de surprise. Il dit simplement :

— Je suis venu pour vous parler de Louis.

— Je m'y attendais.

Bien que triste, elle gardait les yeux secs, une contenance décente.

— Asseyez-vous.

— Je vais mouiller votre fauteuil. Vous étiez très bons amis, Louis Thouret et vous ?

— Il m'aimait bien.

— Seulement ?

— Peut-être qu'il m'aimait. Il n'avait jamais été heureux.

— Vous entreteniez déjà des relations avec lui, quand vous travailliez rue de Bondy ?

— Vous oubliez que mon mari vivait encore.

— Louis ne vous faisait pas la cour ?

— Il ne m'a jamais regardée autrement qu'il ne regardait les autres femmes de la manutention.

— C'est donc plus tard, alors que la maison

Kaplan n'existait plus, que vous vous êtes retrouvés ?

— Huit ou neuf mois après la mort de mon mari.

— Vous vous êtes rencontrés par hasard ?

— Vous savez comme moi qu'une pension de veuve ne suffit pas pour vivre. J'ai dû chercher du travail. Déjà du vivant de mon mari, il m'était arrivé de travailler, notamment chez Kaplan, mais pas régulièrement. Une voisine m'a présentée au chef du personnel du Châtelet, et j'ai obtenu une place d'ouvreuse.

— C'est là que... ?

— Un jour qu'il y avait matinée, oui. On jouait *Le Tour du monde en quatre-vingts jours,* je m'en souviens. J'ai reconnu M. Louis en le conduisant à sa place. Il m'a reconnue aussi. Il ne s'est rien passé d'autre. Mais il est revenu, toujours en matinée, et il me cherchait des yeux en entrant. Cela a duré un certain temps, parce que, en dehors du dimanche, il n'y a que deux matinées par semaine. Un jour, à la sortie, il m'a demandé si j'accepterais de prendre l'apéritif avec lui. Nous avons dîné sur le pouce, car je devais être revenue pour la soirée.

— Il avait déjà sa chambre de la rue d'Angoulême ?

— Je suppose.

— Il vous a dit qu'il ne travaillait plus ?

— Il ne m'a pas dit ça, mais seulement qu'il était libre tous les après-midi.

— Vous n'avez pas su ce qu'il faisait ?

— Non. Je ne me serais pas permis de le lui demander.

— Il ne vous parlait pas de sa femme et de sa fille ?

— Beaucoup.

— Qu'est-ce qu'il vous racontait ?

— Vous savez, ce sont des choses qu'il est difficile de répéter. Quand un homme n'est pas heureux en ménage et vous fait des confidences...

— Il n'était pas heureux en ménage ?

— On le traitait en moins que rien, à cause de ses beaux-frères.

— Je ne comprends pas.

Maigret avait compris depuis longtemps, mais voulait la faire parler.

— Ils ont tous les deux de belles situations, des voyages gratuits pour eux et leur famille...

— Et une pension.

— Oui. On reprochait à Louis de ne pas être ambitieux, de se contenter toute sa vie d'une misérable place de magasinier.

— Où alliez-vous avec lui ?

— Presque toujours dans le même petit café, rue Saint-Antoine. Nous parlions pendant des heures.

— Vous aimez les gaufres ?

Elle rougit.

— Comment le savez-vous ?

— Il allait vous acheter des gaufres rue de la Lune.

— Beaucoup plus tard, quand...

— Quand vous avez commencé à vous rendre rue d'Angoulême ?

— Oui. Il voulait que je voie l'endroit où il passait une partie de son temps. Il appelait ça son cagibi. Il en était très fier.

— Il ne vous a pas dit pourquoi il avait loué une chambre en ville ?

— Pour avoir un coin à lui, ne fût-ce que quelques heures par jour.

— Vous êtes devenue sa maîtresse ?

— Je suis allée chez lui assez souvent.

— Il vous a offert des bijoux ?

— Tout juste des pendants d'oreilles, il y a six mois, et une bague, ces derniers temps.

Elle la portait au doigt.

— Il était trop bon, trop sensible. Il avait besoin qu'on le remonte. Quoi que vous puissiez penser, j'étais surtout une amie pour lui, sa seule amie.

— Il lui est arrivé de venir ici ?

— Jamais ! A cause de la concierge et des voisins. Tout le quartier en aurait parlé.

— Vous l'avez vu lundi ?

— Pendant une heure environ.

— Quelle heure ?

— Au début de l'après-midi. J'avais des courses à faire.

— Vous saviez où le trouver ?

— Je lui avais donné rendez-vous.

— Par téléphone ?

— Non. Je ne lui téléphonais jamais. Au cours de notre précédente entrevue.

— Où vous retrouviez-vous ?

— Presque toujours dans notre petit café. Parfois au coin de la rue Saint-Martin et des Boulevards.

— Il était à l'heure ?

— Toujours. Lundi, il faisait froid et il y avait du brouillard. J'ai la gorge sensible. Nous sommes allés dans un cinéma d'actualités.

— Boulevard Bonne-Nouvelle.

— Vous savez ?

— A quelle heure l'avez-vous quitté ?

— Vers quatre heures. Une demi-heure avant sa mort, si ce que les journaux ont imprimé est vrai.

— Vous ignoriez s'il avait un rendez-vous ?

— Il ne m'en a rien dit.

— Il ne vous parlait pas de ses amis, des gens qu'il fréquentait ?

Elle fit « non » de la tête, regarda le buffet vitré de la salle à manger.

— Vous me permettez de vous offrir un verre ? Je n'ai que du vermouth. Il est là depuis longtemps, car je ne bois pas.

Il accepta, pour lui faire plaisir, et il y avait un dépôt dans le fond de la bouteille qui devait dater de feu l'agent de police.

— Quand j'ai lu le journal, j'ai failli aller vous trouver. Mon mari me parlait souvent de vous. Tout à l'heure, je vous ai reconnu tout de suite, car j'ai vu souvent votre photo.

— Louis n'a jamais parlé de divorcer pour vous épouser ?

— Il avait trop peur de sa femme.

— Et de sa fille ?

— Il aimait beaucoup sa fille. Il aurait fait n'importe quoi pour elle. Je crois cependant qu'il en était un peu déçu.

— Pourquoi ?

— Ce n'est qu'une impression. Il était souvent triste.

Elle ne devait pas être gaie non plus, et elle parlait d'une voix monotone, sans accent. Etait-ce elle qui, quand elle allait le voir rue d'Angoulême, astiquait l'appartement ?

Il ne la voyait pas se déshabiller devant

Louis, s'étendre sur le lit. Il ne pouvait même pas l'imaginer nue, ou en culotte et en soutien-gorge. Où il les voyait mieux, c'était à une table du fond de leur petit café, comme elle disait, dans la pénombre, parlant à mi-voix, en jetant parfois un coup d'œil à l'horloge au-dessus du comptoir.

— Il dépensait beaucoup d'argent ?

— Cela dépend de ce que vous appelez beaucoup. Il ne se privait pas. On le sentait à son aise. Si je l'avais laissé faire, il m'aurait acheté des quantités de cadeaux, surtout des objets inutiles, qu'il apercevait dans les étalages.

— Vous ne l'avez jamais surpris sur un banc ?

— Sur un banc ? répéta-t-elle comme si cette question la frappait.

Elle hésita.

— Une fois que j'étais allée faire des courses dans la matinée. Il était en conversation avec un homme maigre, qui m'a produit une drôle d'impression.

— Pourquoi ?

— Parce qu'il fait penser à un clown ou à un comique démaquillé. Je ne l'ai pas dévisagé. J'ai remarqué que ses souliers étaient usés, comme le bas de son pantalon.

— Vous avez demandé à Louis qui c'était ?

— Il m'a répondu que, sur les bancs, on rencontre toute espèce de gens et que c'est amusant.

— Vous ne savez rien d'autre ? Vous n'avez pas eu envie d'aller à l'enterrement ?

— Je n'ai pas osé. Dans un jour ou deux, je compte aller porter des fleurs sur sa tombe. Je suppose que le gardien me la désignera. Est-ce que les journaux vont parler de moi ?

— Certainement pas.

— C'est important. Au Châtelet, ils sont très stricts, et je perdrais ma place.

Il n'était pas tellement loin du boulevard Richard-Lenoir et, en la quittant, Maigret se fit conduire chez lui, disant au chauffeur :

— Va manger quelque part et viens me chercher d'ici une heure.

Pendant le déjeuner, sa femme le regarda avec plus d'attention que d'habitude.

Elle finit par questionner :

— Qu'est-ce que tu as ?

— Qu'est-ce que j'aurais ?

— Je ne sais pas. Tu ressembles à quelqu'un d'autre.

— A qui ?

— A n'importe qui. Tu n'es pas Maigret.

Il rit. Il pensait tellement à Louis qu'il finissait par se comporter comme il imaginait que celui-ci l'aurait fait, par prendre ses expressions de physionomie.

— J'espère que tu vas changer de complet ?

— A quoi bon, puisque je me mouillerai à nouveau.

— Tu as un autre enterrement ?

Il endossa quand même les vêtements qu'elle lui préparait, et c'était agréable, ne fût-ce que pour un temps, de se sentir sec.

Quai des Orfèvres, il n'entra pas immédiatement dans son bureau, mais alla faire un tour à la Police des Mœurs.

— Tu connais une certaine Mariette ou Marie Gibon, toi ? J'aimerais que tu jettes un coup d'œil dans les fiches.

— Jeune ?

— Dans les cinquante piges.

Du coup, l'inspecteur attira des casiers de fiches jaunies et poussiéreuses. Il n'eut pas à chercher longtemps. La fille Gibon, née à Saint-Malo, avait été onze ans en carte et avait passé trois fois par Saint-Lazare au temps où Saint-Lazare existait encore. Deux arrestations pour entôlage.

— Elle a été condamnée ?

— Relâchée faute de preuves.

— Depuis ?

— Attendez. Je change de casier.

On retrouva sa trace dans des fiches plus récentes, mais qui dataient quand même d'une dizaine d'années.

— Elle a été, avant la guerre, sous-maîtresse dans une maison de massages de la rue des Martyrs. A cette époque-là, elle vivait avec un certain Philippe Natali, dit Philippi, qui a été condamné à dix ans pour meurtre. Je me souviens de l'affaire. Ils étaient trois ou quatre, qui ont abattu un type d'une bande rivale dans un tabac de la rue Fontaine. On n'a jamais su au juste lequel avait tiré et on les a salés tous.

— Il est en liberté ?

— Il est mort à Fontevrault.

Cela ne donnait rien.

— Et maintenant ?

— Sais pas. Si elle n'est pas morte aussi...

— Elle n'est pas morte.

— Elle a dû se ranger des voitures. Peut-être dame patronnesse dans son patelin natal ?

— Elle tient une maison meublée rue d'Angoulême, ne s'est pas déclarée aux Garnis, loge surtout des filles, mais je ne pense pas qu'elles fassent leur métier dans la maison.

— Je vois ça.

— J'aimerais qu'on surveille le coin et qu'on se renseigne sur les habitants.

— Facile.

— Il vaut mieux aussi que ce soit quelqu'un des Mœurs qui prenne la planque d'Angoulême. Ceux de ma brigade ne reconnaîtraient pas nécessairement certaines gens.

— Entendu.

Maigret put enfin s'asseoir, se laisser tomber plutôt dans le fauteuil de son bureau, et Lucas entrouvrit immédiatement la porte.

— Du nouveau ?

— Pas en ce qui concerne les coups de téléphone. Le numéro n'a appelé personne. Mais il y a eu ce matin un incident curieux. Une certaine Mme Thévenard, qui habite rue Gay-Lussac avec son neveu, a quitté son domicile pour se rendre à un enterrement.

— Elle aussi ?

— Pas le même. C'était dans le quartier. L'appartement est resté vide pendant son absence. Quand elle est rentrée et a ouvert le garde-manger pour y ranger le marché qu'elle avait fait par la même occasion, elle a remarqué qu'un saucisson qui s'y trouvait deux heures plus tôt avait disparu.

— Elle est sûre que...

— Certaine ! D'ailleurs, en fouillant l'appartement...

— Elle n'a pas eu peur ?

— Elle tenait à la main un revolver d'ordonnance qui a appartenu à son mari. Celui-ci a fait la guerre de 1914. C'est une drôle de femme, paraît-il, toute petite, boulotte, qui rit à chaque instant. En dessous du lit de son neveu, elle a trouvé un mouchoir qui n'appartient pas à celui-ci, ainsi que des miettes de pain.

— Que fait le neveu ?

— Il se prénomme Hubert et est étudiant. Comme les Thévenard ne sont pas riches, il travaille dans la journée en qualité de commis libraire boulevard Saint-Michel. Vous comprenez ?

— Oui. La tante a alerté la police ?

— Elle est descendue dans la loge pour téléphoner au commissariat. L'inspecteur m'a averti aussitôt. J'ai envoyé Leroy questionner Hubert à la librairie. Le jeune homme s'est mis à trembler de tous ses membres, puis il a éclaté en sanglots.

— Albert Jorisse est son ami ?

— Oui. C'est Jorisse qui l'a supplié de le cacher dans sa chambre pendant quelques jours.

— Sous quel prétexte ?

— Qu'il s'était disputé avec ses parents et que son père était si furieux qu'il était capable de le tuer.

— De sorte qu'il a passé deux jours et deux nuits sous le lit ?

— Seulement un jour et une nuit. La première nuit, il a rôdé dans les rues. Du moins est-ce ce qu'il a raconté à son ami. J'ai alerté les postes de police. Le gamin doit à nouveau errer dans la ville.

— Il a de l'argent ?

— Hubert Thévenard l'ignore.

— Tu as prévenu les gares ?

— Tout est paré, patron. Je serais surpris qu'on ne nous l'amène pas d'ici demain matin.

Qu'est-ce qu'ils faisaient, à Juvisy ? Sans doute la veuve, ses sœurs, les maris et les filles avaient-ils dîné tous ensemble, un bon dîner, certainement, comme on en sert d'habitude à l'occasion des enterrements. On avait discuté de l'avenir de Mme Thouret, de celui de Monique.

Maigret aurait juré qu'on avait servi de l'alcool aux hommes, et qu'ils avaient allumé le cigare de circonstance en se renversant sur leur chaise.

« — Prends un petit verre aussi, Emilie. Tu as besoin de te remonter. »

Que disait-on du mort ? On devait remarquer que, malgré le mauvais temps, il y avait eu beaucoup de monde à l'enterrement.

Maigret avait presque envie d'aller là-bas. Il avait surtout envie de voir Monique et d'avoir un sérieux entretien avec elle. Mais pas chez elle. Il ne voulait pas non plus la convoquer officiellement.

Machinalement, il appela le numéro de ses patrons.

— La maison Geber et Bachelier ?

— Georges Bachelier à l'appareil.

— Pouvez-vous me dire si Mlle Thouret est attendue à votre bureau demain matin ?

— Certainement. Elle a dû s'absenter aujourd'hui pour raison de famille, mais il n'y a aucun motif pour... Qui est à l'appareil ?

Maigret raccrocha.

— Santoni n'est pas au bureau ?

— Je ne l'ai pas vu depuis ce matin.

— Rédige une note lui disant de guetter,

demain matin, à l'entrée de chez Geber et Bachelier. Quand Mlle Thouret arrivera, qu'il me l'amène gentiment.

— Ici ?

— Dans mon bureau, oui.

— Rien d'autre ?

— Non, rien ! Qu'on me laisse travailler.

Il en avait assez pour aujourd'hui de Louis Thouret, de sa famille et de sa maîtresse. Si ce n'avait été sa conscience professionnelle, il aurait planté là son bureau pour aller au cinéma.

Jusqu'à sept heures du soir, il abattit de la besogne comme si le sort du monde en dépendait, liquidant non seulement le dossier « en cours », mais encore des affaires qui attendaient depuis des semaines, certaines depuis des mois, et qui n'avaient aucune importance.

Quand il sortit enfin, les yeux brouillés d'avoir fixé tant de papier noirci, il lui sembla qu'il y avait quelque chose d'anormal, et il fut un certain temps avant de tendre la main et de s'apercevoir qu'il ne pleuvait plus. Cela créait comme un vide.

6

Les mendiants

— Qu'est-ce qu'elle fait ?

— Rien. Elle est assise, bien droite, la tête haute, et regarde fixement devant elle.

Ce n'était même pas un fauteuil, mais une chaise, qu'elle avait choisie dans la salle d'attente.

Maigret le faisait exprès de la laisser mijoter, selon son expression. Quand Santoni, vers neuf heures vingt, était venu lui annoncer que Monique était là, il avait grommelé :

— Laisse-la dans la cage.

Il appelait ainsi la salle d'attente vitrée, aux fauteuils de velours vert, où tant d'autres, avant Monique Thouret, avaient perdu leur assurance.

— Comment est-elle ?

— En deuil.

— Ce n'est pas ce que je demande.

— Elle a eu presque l'air de s'attendre à me trouver là. Je me tenais à deux ou trois mètres de la porte de l'immeuble, rue de Rivoli. Quand elle est arrivée, je me suis avancé.

» — Pardon, mademoiselle...

» Elle m'a regardé en faisant de petits yeux. Elle doit être myope. Puis elle a dit :

» — Ah ! c'est vous.

» — Le commissaire désirerait vous voir un moment...

» Elle n'a pas protesté. J'ai arrêté un taxi et, en chemin, elle n'a pas ouvert la bouche.

Non seulement il ne pleuvait pas, mais il y avait du soleil. La lumière paraissait même plus épaisse que d'habitude, à cause de l'humidité de l'air.

Maigret, en se rendant au rapport, l'avait vue, de loin, assise dans son coin. Il l'avait retrouvée à la même place, une demi-heure plus tard, en revenant dans son bureau. Plus tard encore, il avait envoyé Lucas jeter un coup d'œil.

— Elle lit ?

— Non. Elle ne fait rien.

D'où elle était, elle avait un peu le même coup d'œil sur la P.J. que quand, dans un restaurant, on franchit la porte de l'office. Elle voyait, dans le couloir aux portes multiples, les inspecteurs aller et venir, des dossiers à la main, entrer les uns chez les autres, partir en mission ou en revenir. Parfois, ils s'arrêtaient pour échanger quelques mots sur une affaire en cours, et il arrivait que l'un d'eux ramène un prisonnier menottes aux poignets, ou pousse devant lui une femme en larmes.

D'autres personnes, arrivées après elle, avaient été introduites dans des bureaux, et elle ne manifestait toujours aucune impatience.

Le téléphone, rue d'Angoulême, restait muet. Mariette Gibon se doutait-elle de quelque chose ? Le coup de la pipe oubliée lui avait-il mis la puce à l'oreille ?

Neveu, qui s'était relayé avec un collègue de l'arrondissement pour surveiller la maison, n'avait rien noté d'anormal.

Quant à Albert Jorisse, on avait la quasi-certitude que la veille, à six heures du soir, il était encore à Paris. L'agent Dambois, qui, comme les autres, avait reçu son signalement, l'avait aperçu, vers cette heure-là, au coin de la place Clichy et du boulevard des Batignolles. Le jeune homme sortait d'un bar. L'agent s'était-il précipité trop vite pour l'appréhender ? Toujours est-il que Jorisse s'était mis à courir à travers la foule. Celle-ci était particulièrement dense. L'agent avait sifflé pour alerter ses collègues.

La chose n'avait rien donné, ne pouvait rien donner. C'est en vain qu'ensuite on avait battu le quartier. Quant au patron du bistrot, il avait déclaré que son client n'avait pas téléphoné, mais avait dévoré cinq œufs durs avec des petits pains et bu trois tasses de café.

— Il paraissait affamé.

Le juge Coméliau avait appelé Maigret.

— Toujours rien de nouveau ?

— J'espère mettre la main sur l'assassin dans les quarante-huit heures.

— C'est bien ce que nous pensions ? Crime crapuleux ?

Il avait dit « oui ».

Il y avait encore l'histoire du couteau. Au

courrier du matin figurait une lettre de la maison qui les fabriquait. Dès le début de l'enquête, Janvier s'y était présenté en personne et un des hauts bonnets lui avait déclaré que rien ne permettait de déterminer que ce couteau-là avait été vendu chez tel quincaillier plutôt que chez tel autre. Il avait cité non sans orgueil le chiffre astronomique de leur production.

Maintenant, quelqu'un qui faisait précéder sa signature de « Le Directeur adjoint » avisait le chef de la Police Judiciaire que, d'après le numéro relevé sur le manche, le couteau employé boulevard Saint-Martin faisait partie d'un lot qui avait été envoyé quatre mois plus tôt à un grossiste de Marseille.

C'est donc en vain que cinq inspecteurs, pendant trois jours, avaient questionné les commerçants de Paris. Janvier était furieux.

— Qu'est-ce que je fais, patron ?

— Alerte Marseille. Ensuite, tu prendras avec toi Moers ou un autre du laboratoire et tu te rendras rue d'Angoulême. Que Moers relève les empreintes digitales qu'il trouvera dans la chambre. Qu'il n'oublie pas de regarder attentivement au-dessus de l'armoire à glace.

Pendant ce temps-là, Monique attendait toujours. Et, parfois, Maigret envoyait quelqu'un jeter un coup d'œil dans la cage.

— Qu'est-ce qu'elle fait ?

— Rien.

De plus forts qu'elle, après une heure d'attente dans le cagibi vitré, étaient à bout de nerfs.

A onze heures moins le quart, il soupira enfin :

— Qu'on la fasse entrer.

Il la reçut debout, en s'excusant.

— Comme je désire avoir avec vous un assez long entretien, j'ai été obligé de liquider d'abord les affaires courantes.

— Je comprends.

— Voulez-vous prendre la peine de vous asseoir ?

Elle le fit, arrangea ses cheveux des deux côtés de son visage, posa son sac à main sur son giron. Il s'installa à sa place, porta une pipe à sa bouche, murmura avant de frotter l'allumette sur la boîte :

— Vous permettez ?

— Mon père fumait. Mes oncles fument aussi.

Elle était moins nerveuse, moins anxieuse que la première fois qu'elle était venue dans le même bureau. Il faisait si doux, ce matin-là, que le commissaire avait laissé la fenêtre entrouverte et que les bruits du dehors leur parvenaient, assourdis.

— Je voudrais, bien entendu, vous parler de votre père.

Elle fit « oui » de la tête.

— Et aussi de vous, ainsi que d'autres personnes.

Elle ne l'aidait pas, ne détournait pas davantage le regard, attendait, comme si elle prévoyait les questions qu'il allait lui poser.

— Vous aimez beaucoup votre mère, mademoiselle Monique ?

Son intention était de lui faire subir un interrogatoire « à la chansonnette », sur un ton bon enfant, en la mettant graduellement dans une situation telle qu'elle serait obligée de dire la vérité. Mais sa première réponse le dérouta.

Tranquillement, comme si c'était tout naturel, elle laissa tomber :

— Non.

— Vous voulez dire que vous ne vous entendez pas avec elle ?

— Je la déteste.

— Puis-je vous demander pourquoi ?

Il la vit hausser légèrement les épaules.

— Vous êtes venu à la maison. Vous l'avez vue.

— Vous ne voudriez pas préciser votre pensée ?

— Ma mère ne songe qu'à elle, qu'à son « quant-à-soi » et à ses vieux jours. Elle est vexée d'avoir réussi un moins beau mariage que ses sœurs et s'efforce de faire croire qu'elle a une aussi bonne situation qu'elles.

Il eut une certaine peine à ne pas sourire, mais elle disait cela avec grand sérieux.

— Vous aimiez votre père ?

Elle garda un moment le silence ; il dut répéter sa question.

— Je réfléchis. Je me le demande. C'est ennuyeux d'avouer ça, maintenant qu'il est mort.

— Vous ne l'aimiez pas beaucoup ?

— C'était un pauvre type.

— Qu'est-ce que vous appelez un pauvre type ?

— Il ne faisait rien pour que cela change.

— Quoi ?

— Tout.

Et, avec une soudaine ardeur :

— La vie que nous menions. Si on peut appeler ça une vie. Il y a longtemps que j'en ai assez et que je n'ai qu'une idée : partir.

— Vous marier ?

— En me mariant ou non. Pourvu que je parte.

— Vous comptiez vous en aller prochainement ?

— Un jour ou l'autre.

— Vous en aviez parlé à vos parents ?

— A quoi bon ?

— Vous seriez partie sans rien dire ?

— Pourquoi pas ? Qu'est-ce que cela aurait changé, pour eux ?

Il l'observait avec un intérêt croissant et parfois en oubliait de tirer sur sa pipe. Il dut la rallumer deux ou trois fois.

— Quand avez-vous appris que votre père ne travaillait plus rue de Bondy ? questionna-t-il à brûle-pourpoint.

Il s'attendait à une réaction ; il n'y en eut pas. Elle devait avoir prévu ces questions-là et avait préparé les réponses. C'était la seule explication à son attitude.

— Il y a près de trois ans. Je n'ai pas compté. C'était vers le mois de janvier. Janvier ou février. Il gelait.

La maison Kaplan avait été fermée fin octobre. En janvier et février, M. Louis était encore en quête d'une place. C'était l'époque où, au bout de son rouleau, il se décidait à contrecœur à emprunter de l'argent à Mlle Léone et au vieux comptable.

— C'est votre père qui vous en a parlé ?

— Non. Cela s'est passé plus simplement.

Un après-midi que je faisais des recouvrements...

— Vous étiez déjà rue de Rivoli ?

— J'y suis entrée à dix-huit ans. Le hasard a voulu que j'aie une cliente, une coiffeuse pour dames, à voir dans l'immeuble où mon père travaillait. J'ai jeté un coup d'œil dans la cour. Il était passé quatre heures. Il faisait noir. Or le bâtiment du fond n'était pas éclairé. Surprise, j'ai questionné la concierge, qui m'a appris que la maison Kaplan n'existait plus.

— Vous n'en avez pas parlé à votre mère, en rentrant ?

— Non.

— A votre père non plus ?

— Il ne m'aurait pas dit la vérité.

— Il avait l'habitude de mentir ?

— C'est difficile à expliquer. Il s'efforçait, à la maison, d'éviter les scènes, répondant toujours ce qu'il fallait pour contenter ma mère.

— Il en avait peur ?

— Il désirait la paix.

Elle disait cela avec un certain mépris.

— Vous l'avez suivi ?

— Oui. Pas le lendemain, parce que je n'en ai pas eu l'occasion, mais deux ou trois jours plus tard. J'ai pris un train plus tôt, sous prétexte de travail urgent au bureau, et j'ai attendu près de la gare.

— Qu'a-t-il fait ce jour-là ?

— Il s'est présenté dans plusieurs bureaux, comme un homme qui cherche une place. A midi, il a mangé des croissants dans un petit bar, puis il s'est précipité à la porte d'un journal pour lire les petites annonces. J'ai compris.

— Quelle a été votre réaction ?

— Que voulez-vous dire ?

— Vous ne vous êtes pas demandé pourquoi il n'avait rien dit chez vous ?

— Non. Il n'aurait pas osé. Il aurait déclenché une scène. Mes oncles et mes tantes en auraient profité pour l'accabler de conseils et lui répéter qu'il manquait d'initiative. Depuis que je suis née, j'entends ce mot-là.

— Votre père n'en revenait pas moins, chaque fin de mois, avec son salaire ?

— C'est ce qui m'a étonnée. Je m'attendais chaque fois à le voir les mains vides. Au lieu de cela, un beau jour, il a annoncé à ma mère qu'il avait « exigé » une augmentation et l'avait obtenue.

— Quand était-ce ?

— Pas mal plus tard. L'été. Vers le mois d'août.

— Vous en avez déduit que votre père avait trouvé une situation ?

— Oui. J'ai voulu savoir et l'ai suivi à nouveau. Mais il ne travaillait toujours pas. Il se promenait, s'asseyait sur les bancs. Croyant que c'était peut-être son jour de congé, je l'ai encore suivi après une semaine ou deux, en choisissant un autre jour de la semaine. C'est cette fois-là qu'il m'a aperçue, sur les Grands Boulevards, où il venait de s'asseoir sur un banc. Il est devenu pâle, a hésité, s'est enfin avancé vers moi.

— Il a su que vous l'aviez suivi ?

— Je ne le pense pas. Il a dû se dire que j'étais là par hasard. Il m'a fait des confidences, en m'offrant un café crème à une terrasse. Le temps était très chaud.

— Que vous a-t-il raconté ?

— Que la maison Kaplan avait été expropriée, qu'il s'était trouvé sur le pavé et avait préféré ne rien dire à ma mère pour ne pas l'inquiéter, sûr qu'il était de trouver rapidement un autre emploi.

— Il portait des souliers jaunes ?

— Pas ce jour-là. Il a ajouté que cela avait été plus dur qu'il n'avait pensé, mais que maintenant tout allait bien, qu'il était dans les assurances et que son travail lui laissait des loisirs.

— Pourquoi n'en parlait-il pas chez vous ?

— Toujours à cause de ma mère. Elle méprise les gens qui vont de porte en porte, que ce soit pour vendre des aspirateurs ou pour placer des assurances. Elle les appelle des propres-à-rien et des mendiants. Si elle avait appris que son mari faisait ce métier-là, elle en aurait été tellement humiliée qu'elle lui aurait rendu la vie impossible. Surtout vis-à-vis de ses sœurs.

— Votre mère est fort sensible à l'opinion de ses sœurs, n'est-ce pas ?

— Elle ne veut pas être moins qu'elles.

— Vous avez cru ce que votre père vous disait au sujet des assurances ?

— Sur le moment.

— Et après ?

— J'en ai été moins sûre.

— Pourquoi ?

— D'abord parce qu'il gagnait trop d'argent.

— Tant que ça ?

— J'ignore ce que vous appelez tant que ça. Après quelques mois, il a annoncé qu'il était nommé sous-directeur, toujours chez Kaplan, et qu'il était à nouveau augmenté. Je me souviens d'une discussion à ce sujet-là. Maman voulait qu'il fasse changer la profession sur sa carte d'identité. Elle avait toujours été humiliée par le mot magasinier. Il répondit que ce n'était pas la peine d'entreprendre des démarches pour si peu de chose.

— Je suppose que votre père et vous vous regardiez d'un air entendu ?

— Quand il était sûr que ma mère ne pouvait pas me voir, il m'adressait un clin d'œil. Parfois, le matin, il glissait un billet de banque dans mon sac.

— Pour acheter votre silence ?

— Parce que ça lui plaisait de me donner de l'argent.

— Vous m'avez dit qu'il vous était arrivé d'aller déjeuner avec lui.

— C'est exact. Il me donnait rendez-vous, à voix basse, dans le corridor. Au restaurant, il me faisait prendre les plats les plus chers, me proposait ensuite de m'emmener au cinéma.

— Il portait ses souliers jaunes ?

— Une fois. C'est alors que je lui ai demandé où il changeait de chaussures, et il m'a expliqué que, pour ses affaires, il était obligé d'avoir une chambre en ville.

— Il vous a donné l'adresse ?

— Pas tout de suite. Tout cela a duré longtemps.

— Vous aviez un amoureux ?

— Non.

— Quand avez-vous fait la connaissance d'Albert Jorisse ?

Elle ne rougit pas, ne bafouilla pas. Elle s'attendait à cette question-là aussi.

— Il y a quatre ou cinq mois.

— Vous l'aimez ?

— Nous devons partir ensemble.
— Pour vous marier ?
— Quand il aura l'âge. Il n'a que dix-neuf ans et ne peut pas se marier sans le consentement de ses parents.
— Ils refusent leur consentement ?
— Ils ne le donneraient sûrement pas.
— Pourquoi ?
— Parce qu'il n'a pas de situation. Les parents ne pensent qu'à ça. Comme ma mère.
— Où aviez-vous l'intention d'aller ?
— En Amérique du Sud. J'ai déjà fait ma demande de passeport.
— Vous avez de l'argent ?
— J'en ai un peu. On me laisse une partie de ce que je gagne.
— Quand êtes-vous allée pour la première fois en demander à votre père ?
Elle le regarda un instant dans les yeux, soupira :
— Vous savez ça aussi !
Puis, sans hésiter :
— Je m'en doutais. C'est pourquoi je vous dis la vérité. Je ne pense pas que vous soyez assez salaud pour aller répéter tout ça à ma mère. A moins que vous soyez comme elle !
— Je n'ai nullement l'intention de raconter vos affaires à votre mère.
— D'ailleurs, cela ne changerait rien !
— Vous voulez dire que vous partiriez quand même ?
— Un jour ou l'autre, oui.
— Comment avez-vous connu l'adresse à Paris de votre père ?
Cette fois, elle fut sur le point de mentir.
— C'est Albert qui l'a trouvée.

— En le suivant ?

— Oui. Nous nous demandions tous les deux ce qu'il pouvait faire pour gagner sa vie. Nous avons décidé qu'Albert le suivrait.

— En quoi cela vous intéressait-il ?

— Albert prétendait que mon père devait se livrer à un trafic irrégulier.

— En quoi cela vous aurait-il avancée de le savoir ?

— Il devait gagner beaucoup d'argent.

— Vous comptiez lui en demander une partie ?

— Tout au moins de quoi payer le bateau.

— En le faisant chanter.

— C'est naturel qu'un père...

— Bref, votre ami Albert s'est mis à espionner votre père.

— Il l'a suivi pendant trois jours.

— Qu'a-t-il découvert ?

— Vous avez découvert quelque chose, vous ?

— Je vous ai posé une question.

— D'abord que mon père avait une chambre rue d'Angoulême. Ensuite qu'il ne s'occupait pas du tout d'assurances, mais passait la plus grande partie de son temps à traîner sur les Grands Boulevards et à s'asseoir sur les bancs. Enfin...

— Enfin ?

— Qu'il avait une maîtresse.

— Quel effet cette révélation vous a-t-elle produit ?

— J'aurais été plus contente si elle avait été jeune et jolie. Elle ressemble à maman.

— Vous l'avez vue ?

— Albert m'a désigné l'endroit où ils avaient l'habitude de se rencontrer.

— Rue Saint-Antoine ?

— Oui. Dans un petit café. Je suis passée comme par hasard et j'ai jeté un coup d'œil. Je n'ai pas eu le temps de la dévisager, mais je me suis fait une idée. Cela ne doit pas être plus drôle avec elle qu'avec ma mère.

— Vous êtes allée ensuite rue d'Angoulême ?

— Oui.

— Votre père vous a donné de l'argent ?

— Oui.

— Vous l'avez menacé ?

— Non. J'ai prétendu que j'avais perdu l'enveloppe dans laquelle se trouvaient les encaissements de l'après-midi et que, si je ne trouvais pas la somme, on me mettrait à la porte. J'ai ajouté qu'on me poursuivrait comme une voleuse.

— Quelle a été sa réaction ?

— Il a paru gêné. J'ai aperçu une photographie de femme sur le guéridon et je l'ai saisie en m'exclamant :

» — Qui est-ce ?

— Qu'a-t-il répondu ?

— Qu'il s'agissait d'une amie d'enfance qu'il avait retrouvée par hasard.

— Vous ne vous considérez pas comme une petite garce ?

— Je me défends.

— Contre qui ?

— Contre tout le monde. Je n'ai pas envie de finir, comme ma mère, dans une maison ridicule où on étouffe.

— Albert est allé voir votre père, lui aussi ?

— Je n'en sais rien.

— Vous mentez, mon petit.

Elle le regarda gravement, finit par admettre :

— Oui.

— Pourquoi mentez-vous sur ce point précis ?

— Parce que, depuis que mon père a été assassiné, je prévois qu'on cherchera des ennuis à Albert.

— Vous savez qu'il a disparu ?

— Il m'a téléphoné.

— Quand ?

— Avant de disparaître, comme vous dites. Il y a deux jours.

— Il vous a dit où il allait ?

— Non. Il était extrêmement agité. Il est persuadé qu'on l'accusera d'être l'assassin.

— Pourquoi ?

— Parce qu'il est allé rue d'Angoulême.

— Quand avez-vous appris que nous sommes sur sa piste ?

— Quand votre inspecteur a interrogé cette chipie de Mlle Blanche. Elle me déteste. Elle s'est vantée, après, d'en avoir assez dit pour rabattre mon caquet, selon son expression. J'ai essayé de rassurer Albert. Je lui ai affirmé qu'en se cachant il se conduisait comme un imbécile, parce que, justement, cela le rendait suspect.

— Il n'a pas entendu raison ?

— Non. Il était si agité qu'il pouvait à peine me parler, au téléphone.

— Qu'est-ce qui vous prouve qu'il n'a pas tué votre père ?

— Pourquoi l'aurait-il fait ?

Elle ajoutait posément, en personne raisonnable :

— Nous pouvions lui demander tout l'argent que nous voulions.

— Et si votre père avait refusé ?

— Il n'aurait pas pu. Albert n'avait qu'à le menacer de tout raconter à ma mère. Je sais ce que vous pensez. Vous me considérez comme une garce, vous l'avez dit, mais si vous aviez passé vos plus belles années, comme on dit, dans l'atmosphère de Juvisy...

— Vous n'avez pas vu votre père, le jour de sa mort ?

— Non.

— Albert non plus ?

— Je suis à peu près sûre que non. Nous n'avions rien prévu pour ce jour-là. Nous avons déjeuné ensemble, comme d'habitude, et il ne m'a parlé de rien.

— Vous savez où votre père gardait son argent ? Si je comprends bien, votre mère avait l'habitude, le soir, de passer l'inspection de ses poches et de son portefeuille.

— Elle l'a toujours fait.

— Pourquoi ?

— Parce que, une fois, il y a plus de dix ans, elle a trouvé du rouge à lèvres sur son mouchoir. Or ma mère n'use pas de rouge à lèvres.

— Vous étiez bien jeune.

— J'avais dix ou douze ans. Je m'en souviens, néanmoins. Ils ne se sont pas préoccupés de moi. Mon père a juré qu'à cause de la chaleur une des femmes de la manutention s'était évanouie au magasin et qu'il lui avait fait respirer de l'alcool sur son mouchoir.

— C'était probablement vrai.

— Ma mère ne l'a pas cru.

— Pour en revenir à ma question, votre père ne pouvait pas rentrer chez lui avec plus d'argent en poche qu'il n'était supposé en gagner.

— Il le conservait dans sa chambre.

— Au-dessus de l'armoire à glace ?

— Comment le savez-vous ?

— Et vous ?

— Une fois que je suis allée lui en demander, il est monté sur une chaise et a pris une enveloppe jaune qui se trouvait au-dessus de l'armoire et qui contenait des billets de mille francs.

— Beaucoup ?

— Une grosse liasse.

— Albert le savait ?

— Ce n'était pas une raison pour le tuer. Je suis sûre qu'il ne l'a pas fait. D'ailleurs, il ne se serait pas servi d'un couteau.

— Qu'est-ce qui vous permet d'être si affirmative ?

— Je l'ai vu tourner presque de l'œil en se coupant au doigt avec un canif. La vue du sang le rend malade.

— Vous couchez avec lui ?

Une fois de plus, elle haussa les épaules.

— Cette question ! fit-elle.

— Où ?

— N'importe où. Il y a assez d'hôtels à Paris qui ne sont faits que pour ça. Vous n'allez pas prétendre que la police l'ignore !

— En somme, pour résumer cette intéressante conversation, Albert et vous faisiez chanter votre père avec l'idée, quand vous auriez assez d'argent, de filer en Amérique du Sud ?

Elle ne broncha pas.

— Je retiens aussi que, malgré vos filatures, vous n'êtes pas parvenue à découvrir comment votre père se procurait son argent.

— Nous n'avons pas cherché beaucoup.

— Il n'y a, bien entendu, que le résultat qui compte.

Parfois Maigret avait l'impression qu'elle le regardait avec une certaine condescendance. Elle devait penser que, pour un commissaire de la P.J., il était aussi naïf que sa mère, ses tantes et ses oncles.

— Maintenant, vous savez tout, murmura-t-elle en faisant mine de se lever. Vous remarquerez que je n'ai pas essayé de jouer les saintes nitouches. Quant à l'idée que vous vous faites de moi, cela m'est égal.

Quelque chose, pourtant, la tracassait.

— Vous êtes sûr que vous ne direz rien à ma mère ?

— Qu'importe, puisque vous comptez quand même partir !

— D'abord cela prendra un certain temps. Ensuite j'aimerais autant éviter une scène.

— Je comprends.

— Albert n'est pas majeur, et ses parents pourraient...

— J'aimerais beaucoup avoir un entretien avec Albert.

— Si cela ne tenait qu'à moi, il serait ici ce matin. C'est un imbécile. Je suis sûre qu'il est caché quelque part, tremblant de tous ses membres.

— Vous ne paraissez pas lui vouer une grande admiration ?

— Je n'admire personne.

— Sauf vous-même.
— Je ne m'admire pas non plus. Je me défends.
A quoi bon discuter.
— Vous avez prévenu mes patrons que j'étais ici ?
— Je leur ai téléphoné que j'avais besoin de vous pour certaines formalités.
— A quelle heure m'attendent-ils ?
— Je n'ai pas fixé d'heure.
— Je peux partir ?
— Je ne vous retiens pas.
— Vous allez me faire suivre par un de vos inspecteurs ?
Il faillit éclater de rire, parvint à garder son sérieux.
— C'est possible.
— Il perdra son temps.
— Je vous remercie.
Maigret, en effet, la fit suivre, encore que persuadé que cela ne donnerait rien. Ce fut Janvier, qui était disponible, qui prit la filature.
Quant au commissaire, il resta dix bonnes minutes, les coudes sur son bureau, la pipe aux dents, à fixer vaguement la fenêtre. A la fin, il se secoua comme un dormeur qui n'arrive pas à recouvrer ses esprits, se leva en grommelant à mi-voix :
— Bougre d'idiote !
Il passa, sans trop savoir que faire, dans le bureau des inspecteurs.
— Toujours pas de nouvelles du gamin ?
Celui-ci devait avoir envie de prendre contact avec Monique. Mais comment y arriver sans se faire arrêter ? Maigret avait oublié de poser une question, qui n'était pas sans

importance. Qui, d'elle ou de lui, avait la garde du pécule que les deux amants amassaient en vue de leur départ pour l'Amérique du Sud ? Si c'était lui, il avait probablement l'argent en poche. Dans le cas contraire, il était possible qu'il n'eût plus de quoi manger.

Il attendit encore quelques minutes, en arpentant, songeur, les deux bureaux, puis il appela la maison Geber et Bachelier.

— Je voudrais parler à Mlle Monique Thouret.

— Un instant. Je crois qu'elle rentre justement.

— Allô ! fit la voix de Monique.

— Ne vous réjouissez pas. Ce n'est pas encore Albert, mais le commissaire. J'ai oublié de vous poser une question. Est-ce lui ou vous qui avez l'argent ?

Elle comprit.

— C'est moi.

— Où ?

— Ici. J'ai un bureau qui ferme à clef.

— Il a de l'argent en poche ?

— Sûrement pas beaucoup.

— Merci. C'est tout.

Lucas lui faisait signe qu'on le demandait à un autre appareil. Il reconnut la voix de Lapointe.

— Tu téléphones de la rue d'Angoulême ? s'étonna le commissaire.

— Pas de la maison. Du bistrot du coin.

— Que se passe-t-il ?

— Je ne sais pas si c'est fait exprès, mais j'ai tenu à vous avertir. Nous avons trouvé la chambre nettoyée à fond. Le plancher et les meubles ont été cirés, tous les objets époussetés.

— Le dessus de l'armoire ?

— Aussi. J'ai eu l'impression que la femelle me regardait d'un œil goguenard. Je lui ai demandé quand le nettoyage avait eu lieu. Elle m'a répondu qu'hier après-midi elle disposait de la femme de ménage, qui vient deux fois par semaine, et qu'elle en avait profité pour procéder au grand nettoyage.

» Vous ne lui avez rien dit et, comme la chambre va être à louer...

C'était une bévue. Maigret aurait dû y penser.

— Où est Moers ?

— Toujours là-haut. Il s'assure qu'aucune empreinte n'a échappé au carnage, il n'a encore rien trouvé. S'il s'agit réellement d'une femme de ménage, elle a fait du beau travail. Je rentre au Quai ?

— Pas tout de suite. Demande le nom et l'adresse de la femme en question. Va la trouver. Qu'elle te raconte comment cela s'est passé, quelles instructions elle a reçues, qui était dans la pièce quand elle travaillait...

— Compris.

— Moers peut rentrer. Encore un mot. Tu apercevras quelqu'un des Mœurs dans les parages.

— C'est Dumoncel. Je viens de lui parler.

— Qu'il demande du renfort à son service. Quand une des locataires sortira, je veux qu'on la suive.

— Elles ne sont pas près de sortir. Il y en a une dont la manie est de se promener toute nue dans l'escalier, et une autre qui est en train de prendre son bain. Quant à la troisième, il paraît qu'elle n'est pas rentrée depuis plusieurs jours.

Maigret se dirigea vers le bureau du chef, comme cela lui arrivait de temps en temps, sans raison précise, seulement pour bavarder de l'affaire en cours. Il aimait l'atmosphère de ce bureau-là et se tenait toujours debout devant la même fenêtre d'où l'on découvre le pont Saint-Michel et les quais.

— Fatigué ?

— J'ai l'impression de jouer à un jeu de patience. Comme j'ai envie d'être partout à la fois, je finis par tourner en rond dans mon bureau. Ce matin, j'ai eu un des interrogatoires les plus...

Il s'arrêta, cherchant le mot qu'il ne trouvait pas. Il se sentait éreinté, plus exactement vide, avec le genre de découragement que donne la gueule de bois.

— C'était pourtant une jeune fille, presque une gamine.

— La fille Thouret ?

Le téléphone sonnait. Le chef décrochait.

— Il est ici, oui.

A Maigret :

— C'est pour vous. Neveu est là avec quelqu'un et a hâte de vous montrer sa trouvaille.

— A tout à l'heure.

Dans l'antichambre, il aperçut l'inspecteur Neveu, debout, très agité, et, assis près de lui, sur une des chaises, un bonhomme malingre et pâle, sans âge, qu'il eut l'impression d'avoir déjà vu. Il avait même l'impression de le connaître comme sa poche, tout en étant incapable de mettre un nom sur son visage.

— Tu veux me parler d'abord ? demanda-t-il à Neveu.

— C'est inutile. Il ne serait pas prudent de laisser ce lascar seul un instant.

Alors, seulement, Maigret remarqua que l'homme avait les menottes aux poignets.

Il ouvrit la porte de son bureau. Le prisonnier entra, traînant un peu la patte. Il sentait l'alcool. Neveu, derrière lui, referma la porte à clef et débarrassa son compagnon des menottes.

— Vous ne le reconnaissez pas, patron ?

Maigret ne retrouvait toujours pas le nom, mais il avait quand même, soudain, une révélation. L'homme avait une tête de clown démaquillé, des joues en caoutchouc, une grande bouche qui s'étirait dans une expression à la fois amère et cocasse.

Qui est-ce qui avait parlé d'une tête de clown dans cette affaire ? Mlle Léone ? M. Saimbron, le vieux comptable ? Quelqu'un, en tout cas, qui avait vu M. Louis sur un banc du boulevard Saint-Martin ou du boulevard Bonne-Nouvelle avec un compagnon.

— Assieds-toi.

L'homme répondit, en habitué de la maison :

— Merci, chef.

7

Le marchand d'imperméables

— Jef Schrameck, dit Fred le Clown, dit aussi l'Acrobate, né à Riquewhir, Haut-Rhin, il y a soixante-trois ans.

Tout excité par son succès, l'inspecteur Neveu présentait son client à la façon d'un numéro de cirque.

— Vous vous souvenez, maintenant, patron ?

Cela remontait à quinze ans au moins, peut-être davantage, et cela ne s'était pas passé si loin du boulevard Saint-Martin, quelque part entre la rue de Richelieu et la rue Drouot.

— Soixante-trois ans ? répétait Maigret en regardant l'homme, qui lui répondait par un large sourire flatté.

Peut-être parce qu'il était très maigre, il ne les paraissait pas. En réalité, il n'avait pas d'âge. C'était surtout l'expression de son visage qui empêchait de le prendre pour un homme âgé. Même effrayé comme il devait l'être, il semblait se moquer des autres et de lui-même. Sans doute était-ce devenu un tic, chez lui, de faire des grimaces, un besoin de provoquer le rire.

Le plus étonnant, c'est qu'il avait plus de quarante-cinq ans quand l'histoire des Boulevards l'avait rendu célèbre pour quelques semaines.

Maigret pressa le timbre, décrocha le téléphone intérieur.

— Je voudrais qu'on me descende le dossier Schrameck. Jef Schrameck, né à Riquewhir, Haut-Rhin.

Il ne se rappelait pas comment cela avait commencé. C'était un soir vers huit heures, et il y avait foule sur les Grands Boulevards, les terrasses regorgeaient de monde. On était tout au début du printemps, car il faisait déjà noir.

Quelqu'un avait-il aperçu une lanterne sourde allant et venant dans les bureaux d'un des immeubles ? Toujours est-il que l'alarme avait été donnée. La police était accourue. Les badauds, comme toujours, s'étaient amassés, la plupart ignorant ce qui se passait.

Personne ne se doutait que le spectacle allait durer près de deux heures, avec des moments dramatiques et des moments comiques, et qu'à la fin il y aurait tant de monde qu'on serait obligé d'établir des barrages.

Traqué dans les bureaux, en effet, le cambrioleur avait ouvert une des fenêtres et s'était mis à grimper le long de la façade en s'aidant d'un tuyau pour l'écoulement des eaux. Quand il avait pris pied sur l'entablement d'une fenêtre, à l'étage supérieur, un agent n'avait pas tardé à y paraître, et l'homme avait poursuivi son escalade, tandis qu'en bas des femmes criaient d'effroi.

C'était une des poursuites les plus mouvementées dans l'histoire de la police, les uns courant à l'intérieur, montant toujours plus haut, ouvrant les fenêtres, tandis que l'homme paraissait accomplir, pour s'amuser, un numéro de cirque.

Il était arrivé le premier sur le toit, un toit en pente, où les agents avaient hésité à se risquer. Lui, insensible au vertige, sautait sur un toit voisin et ainsi, d'immeuble en immeuble, arrivait à l'angle de la rue Drouot, où il disparaissait par une lucarne.

On l'avait perdu de vue, pour le retrouver, un quart d'heure plus tard, sur un autre toit. Des gens tendaient la main, criaient : « Il est là ! »

On ignorait s'il était armé, ce qu'il avait fait. Le bruit commençait à courir qu'il avait assassiné plusieurs personnes.

Pour mettre le comble à l'émotion populaire, les pompiers étaient arrivés avec leurs échelles, et, longtemps après, on avait braqué des phares sur les toits.

Lorsqu'on avait fini par l'arrêter, rue de la Grange-Batelière, il n'était même pas essoufflé. Fier de lui, il se moquait des agents. Et, au moment où on le hissait dans une voiture, il échappait comme une anguille des mains de ceux qui l'avaient appréhendé et parvenait, Dieu sait comment, à disparaître à travers la foule.

C'était Schrameck. Pendant plusieurs jours, les journaux n'avaient parlé que de l'Acrobate, qu'on avait repris, par le plus grand des hasards, sur un champ de courses.

Il avait débuté tout jeune dans un cirque, qui voyageait en Alsace et en Allemagne. Plus tard, à Paris, il avait travaillé sur les champs de foire, sauf pendant les périodes qu'il passait en prison pour cambriolage.

— Je ne me doutais pas, disait l'inspecteur Neveu, qu'il finissait ses jours dans mon quartier.

Et l'autre de prononcer gravement :

— Il y a longtemps que j'ai acheté une conduite.

— On m'avait parlé d'un type grand et maigre, d'un certain âge, qu'on avait aperçu sur les bancs en compagnie de M. Louis.

Quelqu'un n'avait-il pas dit à Maigret : « Un type comme on en voit sur les bancs... »

Fred le Clown appartenait au genre d'individu qu'on ne s'étonne pas de voir rester des heures sans rien faire, à regarder les passants ou à donner à manger aux pigeons. Il avait l'aspect grisâtre des pierres des trottoirs, l'expression de ceux que rien ni personne n'attend.

— Avant que vous l'interrogiez, il faut que je vous apprenne comment j'ai mis la main dessus. J'étais entré dans un bar de la rue Blondel, à deux pas de la porte Saint-Martin. C'est en même temps un bureau du P.M.U. Cela s'appelle *Chez Fernand*. Fernand est un ancien jockey, que je connais bien. Je lui ai montré la photo de M. Louis et il l'a regardée avec l'air de le reconnaître.

» — C'est un de tes clients ? lui ai-je demandé.

» — Pas lui, non. Mais il est venu deux ou trois fois avec un de mes bons clients.

» — Qui ?

» — Fred le Clown.

» — L'Acrobate ? Je le croyais mort depuis longtemps, ou en prison.

» — Il est bien vivant et il vient chaque après-midi prendre son petit verre et jouer aux courses. Au fait, cela fait quelques jours que je ne l'ai pas vu.

» — Combien de jours ?

» Fernand a réfléchi, est allé questionner sa femme dans la cuisine.

» — La dernière fois, c'était lundi.

» — Il était en compagnie de M. Louis ?

» Il n'a pas pu s'en souvenir, mais il est sûr de ne pas avoir vu l'Acrobate depuis lundi dernier. Vous comprenez ?

» Il me restait à mettre la main dessus. Maintenant, je savais où chercher. J'ai fini par apprendre le nom de la femme avec qui il vit depuis plusieurs années, une ancienne marchande de quatre-saisons nommée Françoise Bidou.

» Tout à l'heure seulement, j'ai obtenu son adresse, quai de Valmy, en face du canal.

» J'ai trouvé mon homme chez elle, caché dans la chambre à coucher, qu'il n'a pas quittée depuis lundi. J'ai commencé par lui passer les menottes, par crainte qu'il me file entre les doigts.

— Je ne suis plus si agile que ça ! plaisanta Schrameck.

On frappait à la porte. On posait devant Maigret un épais dossier à couverture jaune. C'était l'histoire de Schrameck, plus exactement l'histoire de ses démêlés avec la Justice.

Sans se presser, fumant à petites bouffées, Maigret jeta un coup d'œil par-ci par-là.

C'était la bonne heure, celle qu'il préférait pour un interrogatoire de ce genre. De midi à deux heures, en effet, la plupart des bureaux sont vides, il y a moins d'allées et venues, les coups de téléphone se raréfient. On a l'impression, comme la nuit, de posséder les locaux pour soi seul.

— Tu n'as pas faim ? demanda-t-il à Neveu.

Comme celui-ci ne savait que répondre, il insista :

— Tu devrais aller manger un morceau. Tout à l'heure, tu auras peut-être à me relayer.

— Bien, patron.

Neveu s'éloigna, le cœur gros, et le prisonnier le regarda sortir d'un air goguenard. Quant à Maigret, il alluma une autre pipe, posa sa grosse main sur le dossier, regarda Fred le Clown bien en face et murmura :

— A nous deux !

Il préférait cet interrogatoire-là à celui de Monique. Avant de le commencer, pourtant, il prit la précaution de refermer la porte à clef et il verrouilla même la porte qui communiquait avec le bureau des inspecteurs. Comme il jetait un coup d'œil à la fenêtre, Jef murmura avec une grimace comique :

— N'ayez pas peur. Je ne suis plus capable de marcher sur les corniches.

— Je suppose que tu n'ignores pas pourquoi tu es ici ?

Il fit l'idiot.

— Ce sont toujours les mêmes qu'on arrête ! se lamenta-t-il. Cela me rappelle le bon vieux temps. Il y a des années que cela ne m'était pas arrivé.

— Ton ami Louis a été assassiné. Ne prends pas un air étonné. Tu sais fort bien de qui je parle. Tu sais bien aussi qu'il y a toutes les chances pour que tu sois accusé du crime.

— Ce serait une erreur judiciaire de plus.

Maigret décrocha le téléphone.

— Donnez-moi le bar *Chez Fernand,* rue Blondel.

Et, quand il eut Fernand à l'appareil :

— Ici, le commissaire Maigret. C'est au sujet d'un de vos clients, Jef Schrameck... l'Acrobate, oui... Je voudrais savoir s'il jouait gros... Comment ?... Oui, je comprends... Et les derniers temps ?... Samedi ?... Je vous remercie... Non. Cela suffit pour le moment...

Il paraissait satisfait. Jef, lui, avait l'air un peu inquiet.

— Tu veux que je te répète ce qu'on vient de me dire ?

— On dit tant de choses !

— Toute ta vie, tu as perdu ton argent aux courses.

— Si le gouvernement les avait supprimées, cela ne me serait pas arrivé.

— Depuis plusieurs années, tu prends tes tickets de Mutuel chez Fernand.

— C'est une agence officielle du P.M.U.

— Il n'en est pas moins nécessaire que tu trouves quelque part l'argent que tu joues sur les chevaux. Or, jusqu'il y a environ deux ans et demi, tu jouais de très petites sommes, quelquefois même il ne te restait pas de quoi régler ta consommation, et Fernand te faisait crédit.

— Il n'aurait pas dû. C'était m'encourager à revenir.

— Tu t'es mis à jouer plus gros, parfois de fortes sommes. Et, quelques jours plus tard, tu étais à nouveau dans la purée.

— Qu'est-ce que ça prouve ?

— Samedi dernier, tu as misé un très gros paquet.

— Que diriez-vous des propriétaires, alors, qui risquent jusqu'à un million sur un cheval !

— D'où venait l'argent ?

— J'ai une femme qui travaille.

— A quoi ?

— Elle fait des ménages. De temps en temps, elle donne un coup de main dans un bistrot du quai.

— Tu te moques de moi ?

— Je ne me le permettrais pas, monsieur Maigret.

— Ecoute. Nous allons essayer de gagner du temps.

— Pour ce que j'ai à faire, vous savez...

— Je vais quand même te dire quelle est ta situation. Plusieurs témoins t'ont vu en compagnie d'un certain M. Louis.

— Un bien brave homme.

— Peu importe. Ce n'est pas récent. Cela remonte à environ deux ans et demi. A cette époque-là, M. Louis était sans place et tirait le diable par la queue.

— Je sais ce que c'est ! soupira Jef. Et il a la queue longue, longue, ce diable-là !

— De quoi tu vivais alors, je n'en sais rien, mais je suis prêt à croire que c'était, en effet, de ce que gagnait ta Françoise. Tu traînais sur les bancs. Tu risquais de temps en temps quelques francs sur un cheval et tu avais une ardoise dans les bistrots. Quant à M. Louis, il était obligé d'emprunter de l'argent à deux personnes au moins.

— Cela prouve qu'il y a de pauvres gens sur la terre.

Maigret n'y faisait plus attention. Jef avait tellement l'habitude de provoquer le rire que c'était devenu un besoin chez lui de jouer les comiques. Patiemment, le commissaire suivait son idée.

— Il se fait que, tous les deux, vous êtes devenus tout à coup prospères. L'enquête l'établira, avec les dates exactes.

— Je n'ai jamais eu la mémoire des dates.

— Depuis, il y a des périodes pendant lesquelles tu joues gros et d'autres périodes où tu bois à crédit. N'importe qui en conclura que M. Louis et toi aviez un moyen de vous procurer de l'argent, beaucoup d'argent, mais pas d'une façon régulière. Nous nous occuperons de cette question-là plus tard.

— C'est dommage. J'aimerais connaître le moyen.

— Tout à l'heure, tu ne riras plus. Samedi, je le répète, tu étais gonflé à bloc, mais tu as tout perdu en quelques heures. Lundi dans l'après-midi, ton complice, M. Louis, était assassiné dans une impasse du boulevard Saint-Martin.

— C'est une grande perte pour moi.

— Tu es déjà passé aux assises ?

— Seulement en correctionnelle. Plusieurs fois.

— Eh bien ! les jurés sont des gens qui n'apprécient pas les plaisanteries, surtout quand il s'agit d'un homme qui a un casier judiciaire aussi chargé que le tien. Il y a toutes les chances pour qu'ils concluent que tu étais la seule personne à connaître les allées et venues de M. Louis et à avoir intérêt à le tuer.

— Dans ce cas, ce sont des idiots.

— C'est tout ce que je voulais te dire. Il est midi et demi. Nous sommes tous les deux dans mon bureau. A une heure, le juge Coméliau arrivera à son cabinet et je t'enverrai t'expliquer avec lui.

— Ce n'est pas un petit brun, avec une moustache en brosse à dents ?

— Si.

— Nous nous sommes rencontrés autrefois. Il est vache. Dites donc, il ne doit plus être tout jeune ?

— Tu pourras lui demander son âge.

— Et si je n'ai pas envie de le revoir ?

— Tu sais ce qu'il te reste à faire.

Jef le Clown poussa un long soupir.

— Vous n'auriez pas une cigarette ?

Maigret en prit dans son tiroir, lui tendit le paquet.

— Des allumettes ?

Il fuma un moment en silence.

— Je suppose que vous n'avez rien à boire, ici ?

— Tu vas parler ?

— Je ne sais pas encore. Je suis en train de me demander si j'ai quelque chose à dire.

Cela pouvait durer longtemps. Maigret connaissait ce genre-là. A tout hasard, il alla ouvrir la porte du bureau voisin.

— Lucas ! Veux-tu filer quai de Valmy et m'amener une certaine Françoise Bidou ?

Du coup, le clown s'agita sur sa chaise, leva le doigt comme à l'école.

— Commissaire ! Ne faites pas ça !

— Tu vas parler ?

— Je crois que cela m'aiderait si j'avais un petit verre.

— Un instant, Lucas. Ne pars pas avant que je te le dise.

Et à Jef :

— Tu as peur de ta femme ?

— Vous avez promis de me donner à boire.

La porte refermée, Maigret prit, dans le placard, la bouteille de fine qui s'y trouvait toujours et en versa un fond dans le verre à eau.

— Vous me laissez boire tout seul ?

— Alors ?

— Posez les questions. Je vous fais remarquer que, comme disent les avocats, je n'essaie pas d'entraver le cours de la justice.

— Où as-tu rencontré M. Louis ?

— Sur un banc du boulevard Bonne-Nouvelle.

— Comment avez-vous lié connaissance ?

— Comme on lie connaissance sur les bancs. J'ai remarqué que c'était le printemps, et il m'a répondu que l'air était plus doux que la semaine précédente.

— C'était il y a environ deux ans et demi ?

— A peu près. Je n'ai pas noté la date sur mon agenda. On s'est revus sur le même banc les jours suivants, et il paraissait heureux d'avoir quelqu'un à qui parler.

— Il t'a dit qu'il était sans place ?

— Il a fini par me raconter sa petite histoire, qu'il avait travaillé vingt-cinq ans pour le même patron, que celui-ci, sans prévenir, avait fermé la boîte, qu'il n'avait rien osé dire à sa femme, laquelle, entre nous, m'a l'air d'un fameux chameau, et qu'il lui faisait croire qu'il était toujours magasinier. C'était la première fois, je pense, qu'il pouvait lâcher son paquet, et cela le soulageait.

— Il savait qui tu étais ?

— Je lui ai seulement appris que j'avais travaillé dans les cirques.

— Ensuite ?

— Qu'est-ce que vous voulez savoir au juste ?

— Tout.

— D'abord j'aimerais que vous examiniez mon dossier et que vous comptiez les condamnations. Je tiens à savoir si, avec une nouvelle affaire sur le dos, je suis bon pour la relégation. Cela m'ennuierait.

Maigret fit ce qu'il lui demandait.

— A moins qu'il s'agisse d'un meurtre, tu peux encore y passer deux fois.

— C'est ce qu'il me semblait. Je n'étais pas sûr que vos comptes et les miens étaient pareils.

— Cambriolage ?

— C'est plus compliqué que ça.

— Qui en a eu l'idée ?

— Lui, bien sûr. Je ne suis pas assez malin pour ça. Vous croyez que je n'ai plus droit à un fond de verre ?

— Après.

— C'est loin. Vous allez m'obliger à vous raconter ça à toute vitesse.

Le commissaire céda, versa une gorgée d'alcool.

— Au fond, c'est venu du banc.

— Que veux-tu dire ?

— A force de passer son temps sur un banc, presque toujours le même, il s'est mis à observer les choses autour de lui. Je ne sais pas si vous connaissez le magasin d'imperméables, sur le boulevard.

— Je connais.

— Le banc où Louis avait pris l'habitude de s'asseoir est situé juste en face. De sorte que, presque sans le vouloir, il connaissait les allées et venues dans le magasin, les habitudes des employés. C'est cela qui lui a donné une idée. Quand on n'a rien à faire de toute la journée, on pense, on fait des projets, même des projets qu'on sait qu'on n'accomplira jamais. Un jour, il m'en a parlé, pour passer le temps. Il y a toujours beaucoup de monde dans ce magasin-là. C'est plein d'imperméables de tous les modèles, pour hommes, pour femmes, pour enfants, qui pendent dans les coins. Et il y en a encore au premier étage. A gauche de la maison, comme c'est fréquent dans le quartier, s'ouvre une impasse au fond de laquelle se trouve une cour.

Il proposa :

— Vous voulez que je vous fasse un dessin ?

— Pas maintenant. Continue.

— Louis m'a dit :

» — *Je me demande comment personne n'a jamais volé la caisse. C'est tellement facile !*

— Je suppose que tu as tendu l'oreille.

— J'ai été intéressé. Il m'a expliqué que, vers midi, au plus tard midi et quart, on faisait sortir les derniers clients et que les employés s'en allaient déjeuner. Le patron aussi, un petit vieux avec une barbiche, qui prend ses repas non loin de là, à la *Chope du Nègre.*

» — *Si quelqu'un, se trouvant parmi les clients, se laissait enfermer.*

» Ne protestez pas. Moi aussi, au premier abord, j'ai cru que c'était impossible. Mais Louis, lui, étudiait ce magasin-là depuis des semaines. Avant le déjeuner, les employés ne prennent pas la peine d'aller voir dans les coins et derrière les milliers d'imperméables pour s'assurer qu'il ne reste personne. On n'a pas l'idée qu'un client va le faire exprès de rester dans la boutique, vous comprenez ?

» Tout le truc est là. Le patron, en partant, ferme la porte avec soin.

— C'est toi qui t'es laissé enfermer ? Après quoi, tu as forcé la serrure pour sortir avec la caisse ?

— Vous vous trompez. Et c'est justement ici que cela devient rigolo. Même si on m'avait pincé, on n'aurait pas pu me condamner, car il n'y aurait eu aucune preuve contre moi. J'ai vidé la caisse, soit. Je me suis rendu ensuite dans les cabinets. Près de la chasse d'eau, il existe une lucarne par laquelle on ne ferait pas passer un enfant de trois ans. Mais ce n'est pas la même chose d'y faire passer un paquet qui contient des billets de banque. La lucarne donne sur la cour. Comme par hasard, Louis est passé par là et a ramassé le paquet. Quant à moi, j'ai attendu que les employés reviennent, et qu'il y ait assez de clients pour qu'on ne prenne pas garde à moi. Je suis sorti aussi tranquillement que j'étais entré.

— Vous avez partagé ?

— En frères. Le plus dur, cela a été de le

décider. Il avait imaginé tout ça pour son plaisir, comme qui dirait en artiste. Quand je lui ai proposé de tenter le coup, il a été presque scandalisé. Ce qui l'a décidé, c'est l'idée qu'il allait devoir avouer à sa femme qu'il était raide comme un passe-lacet. Remarquez que la combine a un autre avantage. On va me condamner pour cambriolage, puisque j'avoue, mais il n'y a ni escalade, ni effraction, et cela fait au moins dans les deux ans de différence. Est-ce que je me trompe ?

— Nous verrons le Code tout à l'heure.

— Je vous ai tout dit. Louis et moi, on a mené une bonne petite vie, et je ne regrette rien. La maison d'imperméables nous a fourni de quoi tenir le coup pendant plus de trois mois. Pour être franc, ma part n'a pas fait si long feu, à cause des canassons, mais Louis me passait de temps en temps un billet.

» Quand on en a vu la fin, on a changé de banc.

— Pour préparer un nouveau coup ?

— Puisque la méthode était bonne, il n'y avait aucune raison d'en chercher une autre. Maintenant que vous connaissez le truc, vous allez, en fouillant dans vos archives, repérer tous les magasins où je me suis laissé enfermer. Le second était un marchand de lampes et d'appareils électriques, un peu plus loin, sur le même boulevard. Il n'y a pas d'impasse, mais l'arrière-boutique donne sur la cour d'un immeuble d'une autre rue. C'est tout comme. C'est rare que les cabinets, dans ce quartier-là, n'aient pas une petite ouverture sur une cour ou sur une impasse.

» Une seule fois, je me suis fait pincer par

une vendeuse, qui a ouvert la porte d'un placard où je m'étais caché. J'ai joué l'homme qui est fin saoul. Elle a appelé le patron, et ils m'ont poussé dehors en menaçant d'appeler un agent.

» Voulez-vous m'expliquer, à présent, pourquoi j'aurais tué Louis ? On était des potes. Je l'ai même présenté à Françoise, pour la rassurer, parce qu'elle se demandait où je passais mon temps. Il lui a apporté des chocolats, et elle a trouvé que c'était un homme distingué.

— Vous avez fait un coup la semaine dernière ?

— C'est dans les journaux. Un magasin de confections du boulevard Montmartre.

— Je suppose que, quand Louis a été tué dans l'impasse, il allait s'assurer que la bijouterie avait un œil-de-bœuf donnant sur la cour ?

— Probablement. C'était toujours lui qui repérait les lieux, parce qu'il marquait mieux que moi. Les gens se méfient davantage d'un type dans mon genre. Il m'est arrivé de m'habiller comme un rupin, et on me regardait quand même de travers.

— Qui l'a tué ?

— C'est à moi que vous demandez ça ?

— Qui avait des raisons de le tuer ?

— Je ne sais pas. Peut-être sa femme ?

— Pourquoi sa femme l'aurait-elle tué ?

— Parce que c'est un chameau. Si elle s'est aperçue qu'il se moquait d'elle depuis plus de deux ans et qu'il avait une amie...

— Tu connais son amie ?

— Il ne me l'a pas présentée, mais il m'en a parlé, et je l'ai aperçue de loin. Il l'aimait bien.

C'était un homme qui avait besoin d'affection. Nous sommes tous comme ça, pas vrai ? Moi, j'ai Françoise. Vous, vous devez avoir quelqu'un aussi. Il s'entendait bien avec elle. Ils allaient au cinéma, ou bien bavarder dans un café.

— Elle était au courant ?

— Sûrement pas.

— Qui était au courant ?

— D'abord moi.

— Evidemment !

— Peut-être sa fille. Il se tracassait fort au sujet de sa fille, prétendant qu'en vieillissant elle ressemblait à sa mère. Elle lui réclamait toujours de l'argent.

— Tu es allé rue d'Angoulême ?

— Jamais.

— Tu connais la maison ?

— Il me l'a montrée.

— Pourquoi n'y es-tu pas entré ?

— Parce que je ne voulais pas lui faire du tort. La propriétaire le prenait pour quelqu'un de sérieux. Si elle m'avait vu...

— Et si je te disais qu'on a trouvé tes empreintes digitales dans sa chambre ?

— Je répondrais que les empreintes digitales sont de la foutaise.

On le sentait sans inquiétude. Il continuait à jouer son numéro, avec de temps en temps un coup d'œil à la bouteille.

— Qui savait encore ?

— Ecoutez, monsieur le commissaire, je suis ce que je suis, mais je n'ai jamais mouchardé de ma vie.

— Tu préfères qu'on t'accuse ?

— Ce serait une injustice.

— Qui savait encore ?

— L'amoureux de la demoiselle. Et, celui-là, je ne mettrais pas ma main au feu qu'il est innocent. Je ne sais pas si c'est son amie qui l'en a chargé, mais il s'est mis à suivre Louis des après-midi entiers. Il est allé le trouver deux fois pour lui réclamer de l'argent. Louis avait une peur bleue que le gamin parle à sa femme ou lui envoie une lettre anonyme.

— Tu le connais ?

— Non. Je sais qu'il est tout jeune et qu'il travaille le matin dans une librairie. Les derniers temps, Louis s'attendait à une catastrophe. Il prétendait que cela ne pourrait pas durer, que sa femme finirait par savoir la vérité.

— Il t'a parlé de ses beaux-frères ?

— Souvent. On les lui donnait en exemple. On se servait d'eux pour lui montrer qu'il n'était qu'un propre-à-rien, un raté, une poule mouillée, un « moindre », qui aurait mieux fait de ne pas se mêler d'avoir une famille pour la laisser vivre dans la médiocrité. Ça m'a donné un coup.

— Quoi ?

— De lire dans le journal qu'il était mort. Surtout que je n'étais pas loin, quand c'est arrivé. Fernand pourra vous confirmer que j'étais en train de boire un verre à son comptoir.

— Louis avait de l'argent sur lui ?

— J'ignore s'il l'avait sur lui, mais, deux jours avant, nous avions ramassé un assez gros paquet.

— Il avait l'habitude de le garder en poche ?

— En poche ou dans sa chambre. Le rigolo,

c'est que, le soir, il était obligé d'aller changer de souliers et de cravate avant de prendre son train. Une fois, il avait oublié sa cravate. C'est lui qui me l'a raconté. Ce n'est qu'à la gare de Lyon qu'il s'en est aperçu. Il ne pouvait pas acheter n'importe quelle cravate. Il lui fallait celle avec laquelle il était parti de chez lui le matin. Il a dû retourner rue d'Angoulême et raconter en rentrant qu'il avait été retenu au magasin par un travail urgent.

— Pourquoi, depuis mardi, n'es-tu pas sorti de la chambre de Françoise ?

— Qu'auriez-vous fait à ma place ? Quand j'ai lu le journal, mardi matin, j'ai pensé que des gens m'avaient vu avec Louis et qu'ils ne manqueraient pas de le signaler à la police. Ce sont toujours les types de mon genre qu'on soupçonne.

— Tu n'as pas eu l'idée de quitter Paris ?

— Je me suis simplement tenu peinard, dans l'espoir qu'on ne pense pas à moi. Ce matin, j'ai entendu la voix de votre inspecteur, et j'ai compris que j'étais fait.

— Françoise est au courant ?

— Non.

— D'où se figure-t-elle que vient l'argent ?

— D'abord, elle n'en voit qu'une petite partie, quand il m'en reste après les courses. Ensuite, elle croit que je fais toujours les portefeuilles dans le métro.

— Tu l'as fait ?

— Vous ne tenez pas à ce que je vous réponde, n'est-ce pas ? Vous n'avez pas soif, vous ?

Maigret lui versa un dernier fond de verre.

— Plus rien dans ton sac ? Tu es sûr ?

— Sûr comme je vous vois !

Maigret ouvrit la porte du bureau voisin, dit à Lucas :

— Conduis-le au Dépôt.

Puis, regardant Jef Schrameck qui se levait en soupirant :

— Passe-lui quand même les menottes.

Enfin, alors que l'Acrobate se retournait avec un drôle de sourire sur un visage en caoutchouc :

— Qu'on ne soit pas trop méchant avec lui.

— Merci, monsieur le commissaire. Surtout, ne dites pas à Françoise que j'ai joué tant d'argent. Elle serait capable de ne pas m'envoyer de douceurs.

Maigret endossa son pardessus, prit son chapeau, avec l'idée d'aller manger un morceau à la *Brasserie Dauphine*. Il descendait le grand escalier grisâtre, quand il entendit du bruit en dessous de lui et il se pencha sur la rampe.

Un jeune homme aux cheveux en désordre se débattait entre les mains d'un énorme sergent de ville, qui avait une égratignure saignante sur la joue et qui grondait :

— Veux-tu rester tranquille, punaise ? Si tu continues, je te flanque une claque.

Le commissaire s'efforça de ne pas rire. C'était Albert Jorisse qu'on lui amenait de la sorte et qui se débattait toujours en criant :

— Lâchez-moi ! Puisque je vous dis que j'irai tout seul...

Ils arrivèrent tous les deux à la hauteur de Maigret.

— Je viens de l'arrêter sur le pont Saint-Michel. Je l'ai reconnu tout de suite. Quand j'ai voulu l'appréhender, il a essayé de s'enfuir.

— Ce n'est pas vrai ! Il ment !

Le jeune homme haletait, le visage rouge, les yeux brillants, et l'agent avait saisi le col de son pardessus qu'il tenait très haut, comme s'il maniait une marionnette.

— Dites-lui de me lâcher.

Il donna un coup de pied qui n'atteignit que le vide.

— Je vous ai dit que je veux voir le commissaire Maigret. Je venais ici. J'y venais de moi-même...

Ses vêtements étaient fripés, ses pantalons encore boueux de la boue de la veille. Il y avait de grands cernes sombres sous ses yeux.

— Je suis le commissaire Maigret.

— Alors, ordonnez-lui de me lâcher.

— Tu peux le lâcher, vieux.

— Comme vous voudrez, mais...

L'agent s'attendait à voir le jeune homme lui filer entre les mains comme une anguille.

— Il m'a brutalisé... haletait Albert Jorisse. Il m'a traité comme... comme...

Dans sa rage, il ne trouvait plus ses mots.

Souriant malgré lui, le commissaire désigna la joue saignante du sergent de ville.

— Il me semble, au contraire, que c'est lui qui...

Jorisse regarda, vit pour la première fois la balafre, eut un éclair dans les prunelles et s'écria :

— Bien fait pour lui !

8

Le secret de Monique

— Assieds-toi, petit voyou.

— Je ne suis pas un petit voyou, protesta Jorisse.

Et d'une voix plus calme, encore qu'il n'eût pas tout à fait repris son souffle et que sa respiration sifflât un peu :

— Je ne pensais pas que le commissaire Maigret injuriait les gens avant de leur donner le temps de s'expliquer.

Maigret, surpris, le regarda en fronçant les sourcils.

— Tu as déjeuné ?

— Je n'ai pas faim.

C'était une réponse de garçon boudeur.

— Allô ! fit-il dans l'appareil. Donnez-moi la *Brasserie Dauphine*... Allô ! Joseph ?... Ici, Maigret... Veux-tu m'apporter des sandwiches ? Six... Jambon pour moi... Attends...

A Jorisse :

— Jambon ou fromage ?

— Cela m'est égal. Jambon.

— Bière ou vin rouge ?

— De l'eau, si vous voulez. J'ai soif.

— Joseph ? Six sandwiches au jambon, bien épais, et quatre demis... Attends... Apporte deux tasses de café noir tant que tu y es... Cela ira vite ?

Il ne raccrocha qu'un instant, demanda un des services du Quai, sans quitter des yeux le jeune homme qu'il examinait curieusement. Jorisse était maigre, mal portant, d'une nervosité quasi maladive, comme s'il avait été davantage nourri de café noir que de beefsteak. A part cela, il n'était pas vilain garçon, portait ses cheveux bruns très longs, avec parfois un mouvement brusque de la tête pour les rejeter en arrière.

Peut-être parce qu'il était encore très ému, il lui arrivait de temps en temps de pincer les narines. La tête penchée, il continuait à fixer le commissaire d'un air de reproche.

— Allô ! Plus la peine de chercher le nommé Jorisse. Qu'on avertisse les commissariats et les gares.

Le gamin ouvrit la bouche, mais il ne lui donna pas le temps de parler.

— Tout à l'heure !

Le ciel s'était à nouveau obscurci. Il allait pleuvoir, et ce serait sans doute la même pluie obsédante que le jour de l'enterrement. Maigret alla fermer la fenêtre entrouverte, puis, toujours en silence, arrangea ses pipes sur son bureau, comme une dactylo, avant de se mettre au travail, arrange sa machine, son bloc, ses carbones.

— Entrez ! grogna-t-il quand on frappa à la porte.

C'était l'inspecteur Neveu, qui ne fit que passer la tête, croyant le patron en plein interrogatoire.

— Pardon. Je voulais savoir ce que...

— Tu es libre. Merci.

Après quoi le commissaire marcha de long en large en attendant le garçon de la *Brasserie Dauphine*. Pour passer le temps, il téléphona une fois de plus, cette fois à sa femme.

— Je ne rentrerai pas déjeuner.

— Je commençais à m'en douter. Tu sais l'heure qu'il est ?

— Non. Cela n'a pas d'importance.

Elle éclata de rire, et il ne sut pas pourquoi.

— Je suis venu pour vous dire...

— Tout à l'heure.

C'était le troisième interrogatoire de la journée. Il avait soif. Son regard, à certain moment, suivit le regard du jeune homme, s'arrêta sur la bouteille de cognac et sur le verre à eau restés sur le bureau.

Ce fut Maigret qui rougit comme un enfant, faillit donner une explication, dire que ce n'était pas lui qui buvait du cognac dans un grand verre, mais Jef Schrameck, qui avait précédé Albert dans le bureau.

Avait-il été sensible au reproche du gamin ? Regrettait-il d'avoir terni l'opinion que celui-ci s'était faite du commissaire Maigret ?

— Entre, Joseph. Pose le plateau sur le bureau. Tu n'as rien oublié ?

Et, enfin seuls avec les victuailles :

— Mangeons.

Jorisse mangea de bon appétit, en dépit de

ce qu'il avait annoncé. Tout le temps du repas, il continua de lancer de petits coups d'œil curieux au commissaire et, après un verre de bière, il avait déjà repris un peu de sang-froid.

— Ça va mieux ?

— Merci. Vous m'avez quand même traité de voyou.

— Nous reparlerons de ça tout à l'heure.

— C'est vrai que je venais vous voir.

— Pourquoi ?

— Parce que j'en avais assez de me cacher.

— Pourquoi te cachais-tu ?

— Pour ne pas être arrêté.

— Et pourquoi t'aurait-on arrêté ?

— Vous le savez bien.

— Non.

— Parce que je suis l'ami de Monique.

— Tu étais sûr que nous avions découvert ça ?

— C'était facile.

— Et c'est parce que tu es l'ami de Monique que nous t'aurions arrêté ?

— Vous voulez me faire parler.

— Parbleu !

— Vous vous figurez que je vais mentir et vous essayez de me mettre en contradiction avec moi-même.

— Tu as lu ça dans les romans policiers ?

— Non. Dans les comptes rendus des journaux. Je sais comment vous vous y prenez.

— Dans ce cas, qu'es-tu exactement venu faire ?

— Vous déclarer que je n'ai pas tué M. Thouret.

Maigret, qui avait allumé sa pipe, finissait lentement son deuxième verre de bière. Il s'était assis à son bureau. Il avait allumé la lampe à abat-jour vert, et les premières gouttes de pluie s'écrasaient sur l'appui de la fenêtre.

— Te rends-tu compte de ce que cela implique ?

— Je ne comprends pas ce que vous voulez dire.

— Tu as supposé que nous avions l'intention de t'arrêter. C'est donc que nous avons des raisons de le faire.

— Vous n'êtes pas allé rue d'Angoulême ?

— Comment le sais-tu ?

— Vous avez fatalement appris qu'il avait une chambre en ville. Ne fût-ce qu'à cause des souliers jaunes.

Un sourire amusé flotta sur les lèvres du commissaire.

— Ensuite ?

— La femme vous a sûrement révélé que je suis allé le voir.

— Est-ce une raison pour t'arrêter ?

— Vous avez interrogé Monique.

— Et tu te figures que celle-ci a parlé ?

— Cela me surprendrait que vous ne l'ayez pas fait parler.

— Dans ce cas, pourquoi as-tu commencé par aller te cacher sous le lit d'un de tes amis ?

— Vous savez ça aussi ?

— Réponds.

— Je n'ai pas réfléchi. J'ai été pris de panique. J'ai eu peur qu'on me frappe pour me faire avouer des choses qui ne sont pas vraies.

— Tu as lu ça dans les journaux aussi ?

L'avocat de René Lecœur n'avait-il pas parlé en Cour d'assises des brutalités policières et ses paroles n'avaient-elles pas été reproduites dans tous les journaux ? Au fait, il y avait une lettre de Lecœur, au courrier du matin. Condamné à mort, déprimé, il suppliait le commissaire d'aller le voir en prison.

Maigret faillit montrer la lettre au gamin. Il le ferait tout à l'heure, si c'était nécessaire.

— Pourquoi as-tu quitté ta cachette de la rue Gay-Lussac ?

— Parce que je n'étais plus capable de passer toute la journée caché sous un lit. C'était terrible. J'avais mal partout. Il me semblait toujours que j'allais éternuer. L'appartement est petit, les portes restaient ouvertes, j'entendais la tante de mon ami aller et venir et, si j'avais bougé, elle m'aurait entendu aussi.

— C'est tout ?

— J'avais faim.

— Qu'est-ce que tu as fait ?

— J'ai rôdé dans les rues. La nuit, j'ai dormi pendant une heure ou deux sur un sac de légumes, aux Halles. Deux fois, je suis venu jusqu'au pont Saint-Michel. J'ai vu Monique qui sortait d'ici. Je suis allé rue d'Angoulême et, de loin, j'ai aperçu un homme qui avait l'air de monter la garde. J'ai supposé que c'était quelqu'un de la police.

— Pourquoi aurais-tu tué M. Louis ?

— Vous ignorez que je lui ai emprunté de l'argent ?

— Emprunté ?

— Je lui en ai demandé, si vous préférez.

— Demandé ?

— Que voulez-vous dire ?

— Qu'il y a différentes façons de demander, certaines façons, entre autres, qui ne permettent guère à celui à qui on demande de refuser. En français, cela s'appelle du chantage.

Il se tut et regarda fixement par terre.

— Réponds.

— Je n'aurais quand même rien dit à Mme Thouret.

— Tu ne l'en as pas moins menacé de parler ?

— Ce n'était pas nécessaire.

— Parce qu'il pensait que tu parlerais ?

— Je ne sais pas. Je ne m'y retrouve plus dans vos questions.

Il ajouta d'une voix lasse :

— Je meurs de sommeil.

— Bois ton café.

Il obéit, docile, sans quitter Maigret du regard.

— Tu es allé le trouver plusieurs fois ?

— Deux fois seulement.

— Monique le savait ?

— Qu'est-ce qu'elle vous a dit ?

— Il ne s'agit pas de savoir ce qu'elle m'a dit, mais de savoir la vérité.

— Elle le savait.

— Que lui as-tu raconté ?

— A qui ?

— A Louis Thouret, parbleu.

— Que nous avions besoin d'argent.

— Qui, nous ?

— Monique et moi.

— Pourquoi ?

— Pour partir pour l'Amérique du Sud.

— Tu lui as avoué que vous vouliez vous embarquer ?

— Oui.

— Quelle a été sa réaction ?

— Il a fini par admettre qu'il n'y avait rien d'autre à faire.

Quelque chose n'allait pas. Maigret comprenait que le gamin le croyait plus au courant qu'il ne l'était en réalité. Il fallait avancer prudemment.

— Tu n'as pas proposé de l'épouser ?

— Oui. Il savait bien que c'était impossible. D'abord je ne suis pas majeur, et il me faut le consentement de mes parents. Ensuite, même si je l'avais obtenu, Mme Thouret n'aurait pas accepté un gendre sans situation. M. Thouret a été le premier à me conseiller de ne pas aller voir sa femme.

— Tu lui as avoué que Monique et toi aviez fait l'amour dans je ne sais combien de meublés ?

— Je n'ai pas fourni de détails.

Il avait rougi une fois de plus.

— J'ai simplement annoncé qu'elle est enceinte.

Maigret ne broncha pas, ne manifesta pas d'étonnement. Pourtant, cela avait été un choc. Il avait sans doute manqué de psychologie, car c'était bien la seule chose à laquelle il n'eût pas pensé un seul instant.

— De combien de mois ?

— Un peu plus de deux mois.

— Vous avez vu un médecin ?

— Je ne suis pas allé avec elle.

— Mais elle y est allée ?

— Oui.

— Tu attendais à la porte ?

— Non.

Il se renversa un peu dans son fauteuil et bourra machinalement une pipe fraîche.

— Qu'est-ce que tu aurais fait en Amérique du Sud ?

— N'importe quoi. Je n'ai pas peur. J'aurais pu travailler comme cow-boy.

Il prononçait ces mots-là le plus sérieusement du monde, avec une pointe d'orgueil, et le commissaire revoyait les gars d'un mètre quatre-vingt-dix qu'il avait rencontrés dans les ranches du Texas et de l'Arizona.

— Cow-boy ! répéta-t-il.

— Ou bien j'aurais travaillé dans les mines d'or.

— Evidemment !

— Je me serais débrouillé.

— Et tu aurais épousé Monique ?

— Oui. Je suppose que là-bas c'est plus facile qu'ici.

— Tu aimes Monique ?

— C'est ma femme, non ? Ce n'est pas parce que nous ne sommes pas passés devant le maire...

— Quelle a été la réaction de M. Louis, en entendant cette histoire ?

— Il ne croyait pas possible que sa fille ait fait ça. Il a pleuré.

— Devant toi ?

— Oui. Je lui ai juré que mes intentions...

— ... étaient pures, bien sûr. Et alors ?

— Il a promis de nous aider. Il n'avait pas assez d'argent disponible. Il m'en a remis un peu.

— Où est cet argent ?

— C'est Monique qui l'a. Elle le cache dans son bureau.

— Et le reste de la somme nécessaire ?

— Il avait promis de me le donner mardi. Il attendait un gros versement.

— De qui ?

— Je ne sais pas.

— Il t'a dit ce qu'il faisait ?

— Il ne pouvait évidemment pas.

— Pourquoi ?

— Parce qu'il ne travaillait pas. Je n'ai pas pu découvrir comment il se procurait l'argent. Ils étaient deux.

— Tu as vu l'autre ?

— Une fois, sur le boulevard.

— Un grand maigre qui a une tête de clown ?

— Oui.

— Il se trouvait dans mon bureau un peu avant que tu arrives, et c'est à lui que j'ai versé un verre de cognac.

— Alors, vous savez la vérité.

— Je voudrais savoir ce que, toi, tu sais.

— Rien. J'ai pensé qu'ils faisaient chanter quelqu'un.

— Et tu t'es dit qu'il n'y avait pas de raisons que tu n'en profites pas aussi ?

— Il nous fallait de l'argent, à cause de l'enfant.

Maigret décrocha l'appareil.

— Lucas ? Veux-tu venir un instant ?

Une fois celui-ci dans le bureau :

— Je te présente Albert Jorisse. Monique Thouret et lui attendent un enfant.

Il parlait le plus gravement du monde, et Lucas, qui ne savait que penser, saluait de la tête.

— La jeune fille est peut-être à son bureau, car elle n'y a pas mis les pieds ce matin. Tu vas aller la chercher. Tu la conduiras chez un médecin de son choix. Si elle n'a pas de préférence, va chez le docteur de la Préfecture. J'aimerais savoir de combien de mois elle est enceinte.

— Et si elle refuse de se laisser examiner ?

— Dis-lui que, dans ce cas, je serais forcé de l'arrêter, ainsi que son ami, qui se trouve dans mon bureau. Prends la voiture. Téléphone-moi la réponse.

Quand ils furent à nouveau seuls, Jorisse questionna :

— Pourquoi faites-vous ça ?

— Parce que c'est mon devoir de tout vérifier.

— Vous ne me croyez pas ?

— Toi, si.

— C'est elle, que vous ne croyez pas ?

Un coup de téléphone vint juste à point donner à Maigret une excuse pour ne pas répondre. Cela n'avait rien à voir avec l'affaire. On lui demandait des renseignements au sujet d'un fou qui était venu le trouver quelques jours auparavant et qu'on avait arrêté dans la rue, où il provoquait des attroupements. Au lieu de répondre en quelques mots, comme il aurait pu le faire, il prolongea l'entretien aussi longtemps que possible.

Quand il raccrocha, il questionna, comme s'il avait oublié où ils en étaient restés :

— Que vas-tu faire, maintenant ?

— Vous êtes persuadé que je n'ai pas tué ?

— J'en ai toujours eu la conviction. Vois-tu, ce n'est pas si facile que les gens le pensent de donner un coup de couteau dans le dos de quelqu'un. C'est encore plus difficile de le tuer sans qu'il ait le temps de crier.

— J'en suis incapable ?

— Sûrement.

Il en était presque vexé. Il est vrai qu'il avait rêvé d'être cow-boy ou chercheur d'or en Amérique du Sud.

— Tu iras trouver Mme Thouret ?

— Je suppose qu'il le faudra bien.

Maigret faillit éclater de rire à l'idée du gamin pénétrant, les fesses serrées, dans la maison de Juvisy pour débiter son boniment à la mère de Monique.

— Tu penses que, maintenant, elle t'acceptera pour gendre ?

— Je ne sais pas.

— Avoue que tu as un peu triché.

— Que voulez-vous dire ?

— Que tu n'as pas seulement demandé de l'argent à M. Louis pour payer le voyage en Amérique. Comme, l'après-midi, Monique ne travaille pas au bureau, mais fait des encaissements en ville, tu as eu envie d'être avec elle.

» Il lui était toujours possible de gagner une heure ou deux sur son horaire, et vous alliez vous enfermer dans une chambre meublée.

— C'est arrivé.

— Cela t'a obligé à ne plus travailler que le matin à la librairie. Les chambres meublées, ça se paie.

— Nous avons dépensé une petite partie...

— Tu sais où M. Louis mettait son argent ?

Il observait attentivement le jeune homme, qui n'hésita pas.

— Au-dessus de son armoire à glace.

— C'est là qu'il a pris les billets qu'il t'a donnés ?

— Oui. Je le savais avant, par Monique.

— Je suppose que, lundi, tu n'es pas allé rue d'Angoulême ?

— C'est facile à vérifier. La propriétaire vous le confirmera. Je devais y aller mardi à cinq heures.

— Quand vous seriez-vous embarqués ?

— Il y a un bateau dans trois semaines. Cela nous donnait le temps d'obtenir nos visas. J'ai déjà demandé mon passeport.

— Je croyais qu'on exigeait, pour les mineurs, une autorisation des parents.

— J'ai imité la signature de mon père.

Il y eut un silence. Pour la première fois, Jorisse demanda :

— Je peux fumer ?

Maigret fit « oui » de la tête. Le plus curieux, c'est que, maintenant, après son café, il avait vraiment envie d'un verre de fine et qu'il n'osait pas aller reprendre la bouteille qu'il avait enfermée dans son placard.

— Vous m'avez traité de voyou.

— Qu'est-ce que tu en penses, toi ?

— Que je ne pouvais pas faire autrement.

— Tu aimerais que ton fils agisse comme tu l'as fait ?

— J'élèverai mon fils différemment. Il n'aura pas à...

Ils furent à nouveau interrompus par le téléphone.

— C'est vous, patron ?

Maigret fronça les sourcils en entendant la voix de Neveu, qu'il n'avait chargé d'aucune mission.

— J'ai le magot !

— Qu'est-ce que tu racontes ?

Il regarda Jorisse, interrompit l'inspecteur.

— Un instant. Je change d'appareil.

Il passa dans le bureau voisin, envoya à tout hasard un inspecteur dans le sien pour surveiller le jeune homme.

— Bon ! Maintenant, je t'écoute. Où es-tu ?

— Quai de Valmy, dans un bistrot.

— Qu'est-ce que tu fais là ?

— Vous êtes fâché ?

— Dis toujours.

— J'ai cru bien faire. Il y a dix ans maintenant que Jef vit avec sa Françoise. D'après ce qu'on m'a dit, il y est plus attaché qu'il ne veut en avoir l'air. L'envie m'a pris d'aller faire un tour chez elle.

— Pourquoi ?

— Cela me semblait curieux qu'il la laisse sans argent. J'ai eu la chance de la trouver dans son logement. Ils n'ont que deux pièces, plus une sorte de placard qui sert de cuisine. Dans la chambre se trouve un lit de fer avec des boules de cuivre. Les murs sont blanchis à la chaux, comme à la campagne, mais c'est très propre.

Maigret attendait la suite, maussade. Il n'aimait pas qu'on fasse du zèle, surtout quand, comme dans le cas de Neveu, il s'agissait d'un homme qui n'appartenait pas à son service.

— Tu lui as annoncé que Jef est arrêté ?

— J'ai mal fait ?

— Continue.

— D'abord, d'après ses réactions, j'ai la certitude qu'elle ignorait ce qu'il faisait. Elle a pensé tout de suite qu'il avait été surpris en train de voler un portefeuille dans le métro ou dans un autobus. Il faut croire que ça lui arrivait.

C'était déjà un des talents de Schrameck quand il travaillait sur les champs de foire, et une de ses condamnations était pour vol à la tire.

— Je me suis mis, malgré ses protestations, à fouiller le logement. A la fin, l'idée m'est venue de dévisser les boules de cuivre du lit. Les montants sont en fer creux. Dans deux d'entre eux, j'ai trouvé des rouleaux de billets. Il y en a pour une somme ! Françoise n'en croyait pas ses yeux.

» — *Dire qu'il avait tout cet argent-là et qu'il me laissait faire des ménages. Il ne l'emportera pas en paradis ! Qu'il revienne, et il verra ce que...*

» Elle ne décolère pas. Elle l'a traité de tous les noms, ne s'est un peu calmée que quand je lui ai affirmé qu'il avait dû mettre cet argent de côté pour le cas où il lui arriverait quelque chose.

» — *Je me demande comment il a fait pour ne pas le jouer !* a-t-elle grommelé.

» Vous comprenez, maintenant, patron ? Samedi dernier, ils ont dû se partager un gros paquet. J'ai ici plus de deux cent mille francs. Jef ne pouvait pas jouer une somme pareille, surtout chez Fernand. Il n'en a perdu qu'une partie. S'ils partageaient moitié moitié, M. Louis avait la forte somme, lui aussi.

— Je te remercie.

— Qu'est-ce que je fais des billets ?

— Tu les as emportés ?

— A tout hasard. Je ne pouvais pas les laisser là.

— Va trouver ton commissaire et demande-lui de recommencer les choses selon les règles.

— Je dois ?...

— Parbleu ! Je ne tiens pas à ce que les avocats prétendent que c'est nous qui avons planté les billets où tu les as pris.

— J'ai commis une gaffe ?

— Plutôt.

— Je vous demande pardon. Je voulais...

Maigret raccrocha. Torrence était dans le bureau.

— Tu as du travail ?

— Rien d'urgent.

— Tu vas aller trouver le commissaire Antoine. Tu lui demanderas de faire rechercher par ses hommes la liste des vols commis dans les magasins des Grands Boulevards depuis environ deux ans et demi, en particulier les vols commis à l'heure du déjeuner, pendant la fermeture.

Ces affaires-là ne concernaient pas son service, mais celui d'Antoine, dont les bureaux se trouvaient à l'autre bout du couloir.

Il rejoignit Albert Jorisse, qui avait allumé une autre cigarette, libéra l'inspecteur qu'il avait chargé de le surveiller.

— Je ne me serais quand même pas échappé.

— C'est possible. Peut-être seulement aurais-tu été tenté de jeter un coup d'œil dans les dossiers qui se trouvent sur mon bureau ? Avoue ! Tu l'aurais fait ?

— Peut-être.

— C'est toute la différence.

— La différence avec quoi ?
— Rien. Je me comprends.
— Qu'allez-vous faire de moi ?
— Pour le moment, nous attendons.
Maigret regarda sa montre, calcula que Lucas et Monique devaient être chez le médecin, sans doute, lisant des magazines dans l'antichambre.
— Vous me méprisez, n'est-ce pas ?
Il haussa les épaules.
— Je n'ai jamais eu une chance.
— Une chance de quoi ?
— D'en sortir.
— Sortir de quoi ?
Il était presque agressif.
— Je vois bien que vous ne comprenez pas. Si vous aviez passé votre enfance à toujours entendre parler d'argent, avec une mère qui se met à trembler dès l'approche des fins de mois...
— Moi, je n'avais pas de mère.
Le gamin se tut, et le silence régna pendant près de dix minutes. Un bon moment, Maigret resta campé devant la fenêtre, le dos à la pièce, à regarder la pluie qui dessinait des rigoles sur les vitres. Puis il fit les cent pas, ouvrit enfin, d'un geste trop décidé, la porte du placard. Il avait lavé le verre à la fontaine d'émail, tout à l'heure. Il le rinça à nouveau, se versa un fond de cognac.
— Je suppose que tu n'en veux pas ?
— Merci.
Albert Jorisse faisait un effort pour ne pas s'endormir. Il avait les joues rouges, les paupières qui devaient picoter. De temps en temps, il oscillait sur sa chaise.

— Tu feras peut-être quand même un homme, un jour.

Il entendit des pas dans le couloir, les pas d'un homme et d'une femme, et il sut que c'était Lucas en compagnie de Monique. Il fallait prendre une décision. C'était à cela qu'il pensait depuis un quart d'heure. Il pouvait faire entrer la jeune fille et il pouvait la recevoir dans le bureau voisin.

Haussant les épaules, il alla ouvrir la porte. Ils avaient tous les deux des gouttes de pluie sur les épaules. Monique avait perdu son assurance et, quand elle aperçut Albert, elle s'immobilisa, les deux mains sur son sac, jetant au commissaire un regard de colère.

— Tu l'as conduite chez le toubib ?

— D'abord, elle ne voulait pas. Je...

— Résultat ?

Jorisse, qui s'était levé, la regardait comme s'il allait se jeter à ses pieds pour lui demander pardon.

— Rien.

— Elle n'est pas enceinte ?

— Elle ne l'a jamais été.

Jorisse n'en croyait pas ses oreilles, ne savait plus vers qui se tourner. Il eut une velléité de s'en prendre à Maigret, qu'il semblait considérer comme l'homme le plus cruel de la terre.

Celui-ci, qui avait refermé la porte, désignait une chaise à la jeune fille.

— Vous avez quelque chose à dire ?

— J'avais cru...

— Non.

— Qu'est-ce que vous en savez ? Vous n'êtes pas une femme.

Tournée vers le jeune homme :

— Je te jure, Albert, que j'ai réellement pensé que j'allais avoir un enfant.

La voix de Maigret, calme et neutre :

— Pendant combien de temps ?

— Pendant plusieurs jours.

— Et après ?

— Après, je n'ai pas voulu le décevoir.

— Le décevoir ?

Maigret adressa un coup d'œil à Lucas. Celui-ci suivit le commissaire dans le bureau voisin. Les deux hommes refermèrent la porte, laissant les amants en tête à tête.

— Dès que je lui ai parlé d'aller voir un médecin, j'ai compris qu'il y avait anguille sous roche. Elle a protesté. Ce n'est que quand je l'ai menacée de l'arrêter et d'arrêter Albert...

Maigret n'écoutait pas. Tout cela, il le savait. Torrence était revenu à sa place.

— Tu as fait ma commission ?

— Ils travaillent à la liste. Elle sera longue. Depuis plus de deux ans, l'équipe du commissaire Antoine est sur les dents. Il paraît que...

Maigret se rapprocha de la porte de communication, tendit l'oreille.

— Que font-ils ? questionna Lucas.

— Rien.

— Ils ne parlent pas ?

— Ils se taisent.

Il alla faire un tour chez le chef, qu'il mit au courant. Tous les deux bavardèrent de choses et d'autres. Il s'écoula une petite heure pendant laquelle Maigret pénétra dans divers bureaux, s'entretint avec des collègues.

Quand il rentra dans son bureau, on aurait dit qu'Albert et Monique n'avaient pas bougé. Chacun était resté sur sa chaise, à trois mètres l'un de l'autre. La jeune fille avait le visage fermé, les mâchoires dures qui ressemblaient à celles de sa mère et de ses tantes.

Quand son regard, par hasard, se posait sur le jeune homme, il aurait été difficile de dire quelle dose exacte de mépris et quelle dose de haine il contenait.

Quant à Jorisse, il était abattu, les yeux rouges de sommeil ou d'avoir pleuré.

— Vous êtes libres, dit simplement Maigret en se dirigeant vers son fauteuil.

La question vint de Monique.

— Ce sera dans les journaux ?

— Il n'y a aucune raison pour que les journaux en parlent.

— Ma mère le saura ?

— Ce n'est pas indispensable.

— Et mes patrons ?

Quand il eut fait signe que non, elle se leva d'une détente et se dirigea vers la porte sans se préoccuper de Jorisse. La main sur le bouton, elle se retourna vers le commissaire et prononça :

— Avouez que vous l'avez fait exprès !

Il dit « oui ». Puis il soupira :

— Tu es libre aussi.

Comme le gamin ne bougeait pas :

— Tu ne cours pas après elle ?

Elle était déjà dans l'escalier.

— Vous croyez que je dois ?

— Qu'est-ce qu'elle t'a dit ?

— Elle m'a traité d'idiot.

— C'est tout ?

— Elle a ajouté qu'elle m'interdisait désormais de lui adresser la parole.

— Alors ?

— Rien. Je ne sais pas.

— Tu peux aller.

— Qu'est-ce que je vais dire à mes parents ?

— Ce que tu voudras. Ils ne seront que trop heureux de te retrouver.

— Vous pensez ?

Il fallut le pousser dehors. Il semblait avoir encore quelque chose sur le cœur.

— Va donc, idiot !

— Je ne suis plus un voyou ?

— Un idiot ! C'est elle qui a raison.

Il détourna la tête pour renifler en murmurant :

— Merci.

Après quoi, seul dans son bureau, Maigret put enfin se verser un verre de fine.

9

L'impatience du juge Coméliau

— C'est vous, Maigret ?

— Oui, monsieur le juge.

C'était le coup de téléphone quotidien et, s'il avait un de ses collaborateurs dans son bureau, Maigret ne manquait pas de lui adresser un clin d'œil. Il prenait toujours une voix particulièrement suave pour répondre au magistrat.

— Cette affaire Thouret ?

— Ça va ! Ça va !

— Vous ne trouvez pas qu'elle s'éternise un peu trop ?

— Vous savez, les crimes crapuleux, cela prend toujours du temps.

— Vous êtes sûr qu'il s'agit d'un crime crapuleux ?

— Vous l'avez dit vous-même dès le début : « Ça crève l'œil. »

— Vous croyez ce que ce Schrameck raconte ?

— Je suis persuadé qu'il a dit la vérité.
— Dans ce cas, qui a tué Louis Thouret ?
— Quelqu'un qui avait envie de son argent.
— Essayez tout de même de hâter les choses.
— Je vous le promets, monsieur le juge.

Il n'en faisait rien, s'occupait de deux autres affaires, qui lui prenaient la plus grande partie de son temps. Trois hommes, dont Janvier et le petit Lapointe, se relayaient pour surveiller la maison de la rue d'Angoulême, jour et nuit, et le téléphone était toujours branché sur la table d'écoute.

Il ne s'occupait plus ni de Mme Thouret, ni de sa fille, ni du jeune Jorisse, qui travaillait à nouveau toute la journée à la librairie du boulevard Saint-Michel. C'était à croire qu'il ne les avait jamais connus.

Quant au cambriolage, il avait cédé le dossier à son collègue Antoine, qui interrogeait presque journellement Jef le Clown, dit l'Acrobate. Maigret rencontrait parfois celui-ci dans le couloir.

— Ça va ?
— Ça va, monsieur le commissaire.

Il faisait froid, mais il ne pleuvait plus. La patronne de la rue d'Angoulême n'avait pas trouvé de nouveaux locataires et avait toujours deux chambres vides. Quant aux trois filles qui vivaient encore chez elle, elles n'osaient plus, sachant l'immeuble surveillé, se livrer à leurs occupations habituelles. Elles sortaient à peine, soit pour aller manger dans un restaurant des environs, soit pour acheter de la charcuterie, et de temps en temps l'une d'elles se rendait au cinéma.

— Qu'est-ce qu'elles font toute la journée ? demanda un jour Maigret à Janvier.

— Elles dorment, jouent aux cartes, ou se font des réussites. Il y en a une, celle qu'on appelle Arlette, qui me tire la langue chaque fois qu'elle m'aperçoit à travers les rideaux. Hier, elle a changé de tactique, s'est retournée, a troussé son peignoir et m'a montré son derrière.

La Brigade mobile de Marseille s'occupait du couteau. On ne cherchait pas seulement en ville, mais dans les localités environnantes. On s'intéressait aussi aux gens d'un certain milieu qui, les derniers mois, étaient « montés » à Paris.

Tout cela s'accomplissait sans fièvre, sans résultats apparents. Et pourtant Maigret n'oubliait pas M. Louis. Il lui arriva même, ayant à passer rue de Clignancourt pour une autre affaire, de faire arrêter la voiture devant chez Léone, et il avait eu soin de se munir d'un gâteau à la crème pour la vieille dame.

— Vous n'avez rien trouvé ?

— Cela viendra un jour ou l'autre.

Il ne dit rien, à l'ancienne dactylo, des activités de M. Louis.

— Vous savez pourquoi on l'a tué ?

— Pour son argent.

— Il en gagnait tant que ça ?

— Il gagnait largement sa vie.

— Pauvre homme ! Se faire tuer au moment où il était enfin à son aise !

Il ne monta pas dans le logement de M. Saimbron, mais rencontra celui-ci près du marché aux Fleurs, et ils échangèrent un salut.

Un matin, enfin, on lui annonça qu'on l'appelait de Marseille. Il eut un long entretien téléphonique après lequel il monta aux Sommiers, où il passa près d'une heure à consulter les fiches. Il descendit ensuite aux Archives et n'y resta pas moins longtemps.

Il était à peu près onze heures quand il prit la voiture.

— Rue d'Angoulême.

C'était le petit Lapointe qui était de service devant la maison.

— Tout le monde est là ?

— Il y en a une de sortie. Elle est en train de faire son marché dans le quartier.

— Laquelle ?

— Olga. La brune.

Il sonna. Le rideau bougea. Mariette Gibon, la patronne, vint lui ouvrir en traînant ses pantoufles.

— Tiens ! Le grand patron se dérange en personne, cette fois ! Vos hommes n'en ont pas encore assez de faire les cent pas sur le trottoir ?

— Arlette est là-haut ?

— Vous voulez que je l'appelle ?

— Merci. Je préfère monter.

Elle resta dans le couloir, inquiète, pendant qu'il montait les marches et frappait à la porte du premier étage.

— Entrez !

Elle était en peignoir, comme d'habitude, couchée sur son lit, qui n'était pas fait, occupée à lire un roman populaire.

— C'est vous ?

— C'est moi, dit-il en posant son chapeau sur la commode et en s'asseyant sur une chaise.

Elle paraissait surprise, amusée.

— Ce n'est pas encore fini, cette histoire-là ?

— Ce sera fini quand on aura découvert l'assassin.

— Vous ne l'avez pas encore découvert ? Je croyais que vous étiez tellement malin. Je suppose que ça ne vous gêne pas que je vous reçoive en peignoir ?

— Pas du tout.

— Il est vrai que vous devez avoir l'habitude.

Sans quitter son lit, elle avait fait un mouvement et le peignoir s'était écarté. Comme Maigret ne paraissait pas s'en apercevoir, elle lui lança :

— C'est tout l'effet que ça vous fait ?

— Quoi ?

— De voir ça ?

Il ne broncha toujours pas, et elle s'impatienta. Avec un geste cynique, elle ajouta :

— Vous voulez ?

— Merci.

— Merci, oui ?

— Merci, non.

— Eh bien ! mon vieux... Vous, alors !

— Cela vous amuse d'être vulgaire ?

— Vous allez peut-être m'engueuler, par-dessus le marché ?

Elle n'en avait pas moins ramené sur elle les pans de son peignoir et s'était assise au bord du lit.

— Qu'est-ce que vous me voulez, au juste ?

— Vos parents croient toujours que vous travaillez avenue Matignon ?

— Qu'est-ce que vous racontez ?

— Vous avez travaillé un an chez Hélène et Hélène, la modiste de l'avenue Matignon.

— Et après ?

— Je me demande si votre père sait que vous avez changé de métier.

— Cela vous regarde ?

— C'est un brave homme, votre père.

— C'est une vieille noix, oui.

— S'il apprenait ce que vous faites...

— Vous avez l'intention de le lui dire ?

— Peut-être.

Cette fois, elle ne parvint pas à cacher son agitation.

— Vous êtes allé à Clermont-Ferrand ? Vous avez vu mes parents ?

— Pas encore...

Elle se leva, se précipita vers la porte qu'elle ouvrit brusquement, découvrant Mariette Gibon, qui devait avoir eu l'oreille collée au panneau.

— Ne te gêne pas, toi !

— Je peux entrer ?

— Non. Fiche-moi la paix. Et si tu t'avises encore de venir m'épier...

Maigret n'avait pas bougé de sa chaise.

— Alors ? fit-il.

— Alors, quoi ? Qu'est-ce que vous voulez ?

— Vous le savez bien.

— Non. J'aime qu'on mette les points sur les *i*.

— Il y a six mois que vous vivez dans cette maison.

— Après ?

— Vous y restez la plus grande partie de la journée et vous savez ce qui s'y passe.

— Continuez.

— Il y a une personne qui y venait régulièrement et qui n'y a pas remis les pieds depuis la mort de M. Louis.

On aurait dit que ses pupilles se rétrécissaient. Une fois encore, elle alla vers la porte, mais il n'y avait personne derrière.

— En tout cas, ce n'est pas quelqu'un qui venait pour moi.

— Pour qui ?

— Vous devez le savoir. Je crois que je fais mieux de m'habiller.

— Pourquoi ?

— Parce que, après cette conversation, il vaudra mieux pour moi ne pas traîner ici.

Elle laissa tomber son peignoir, cette fois sans aucune intention, attrapa une culotte, un soutien-gorge, ouvrit le placard.

— J'aurais dû me douter que cela finirait comme ça.

Elle parlait pour elle seule.

— Dites donc, vous êtes fortiche, hein ?

— C'est mon métier d'arrêter les criminels.

— Vous l'avez arrêté ?

Elle avait choisi une robe noire et maintenant elle s'écrasait du rouge sur les lèvres.

— Pas encore.

— Vous savez qui c'est ?

— Vous allez me le dire.

— Vous avez l'air d'en être bien sûr.

Il tira son portefeuille de sa poche, en sortit la photographie d'un homme d'une trentaine d'années, qui avait une cicatrice sur la tempe gauche. Elle y jeta un coup d'œil, ne dit rien.

— C'est lui ?

— Vous avez l'air de le croire.

— Je me trompe ?

— Où vais-je aller en attendant que vous l'arrêtiez ?

— Quelque part où un de mes inspecteurs prendra soin de vous.

— Lequel ?

— Lequel préférez-vous ?

— Le brun avec beaucoup de cheveux.

— L'inspecteur Lapointe.

Revenant à la photo, Maigret questionna :

— Que savez-vous de Marco ?

— Que c'est l'amant de la patronne. Vous croyez que c'est indispensable qu'on parle de ça ici ?

— Où est-il ?

Sans répondre, elle fourrait ses robes et ses objets personnels dans une grosse valise, pêle-mêle, semblant avoir hâte de quitter la maison.

— Nous continuerons cette conversation dehors.

Et, comme il se penchait pour saisir la valise :

— Tiens ! Vous êtes quand même galant.

La porte du petit salon, en bas, était ouverte. Mariette Gibon se tenait debout dans l'encadrement, immobile, les traits tirés, l'œil anxieux.

— Où vas-tu ?

— Où le commissaire me conduira.

— Vous l'arrêtez ?

Elle n'osait pas en dire davantage. Elle les regardait partir, puis se dirigeait vers la fenêtre dont elle soulevait le rideau. Maigret poussa la valise dans la voiture, dit à Lapointe :

— Je vais envoyer quelqu'un pour te relayer. Dès qu'il sera ici, tu viendras nous rejoindre à la *Brasserie de la République.*

— Bien, patron.

Il donna des instructions au chauffeur, sans monter dans l'auto.

— Venez.

— A la *Brasserie de la République* ?

— En attendant, oui.

C'était à deux pas. Ils s'installèrent à une table, au fond.

— J'ai un coup de téléphone à donner. Il vaut mieux pour vous que vous n'essayiez pas de me fausser compagnie.

— Compris.

Il appela le Quai, donna des instructions à Torrence. Quand il revint à table, il commanda deux apéritifs.

— Où est Marco ?

— Je l'ignore. Quand vous êtes venu, la première fois, la patronne m'a fait téléphoner pour lui dire de ne pas appeler ni venir jusqu'à nouvel ordre.

— A quel moment avez-vous fait le message ?

— Une demi-heure après votre départ, d'un restaurant du boulevard Voltaire.

— Vous lui avez parlé personnellement ?

— Non. J'ai téléphoné à un garçon du bar de la rue de Douai.

— Son nom.

— Félix.

— Le bar ?

— Le *Poker d'As*.

— Elle n'a pas de nouvelles de lui depuis ?

— Non. Elle se torture. Elle n'ignore pas qu'elle a vingt ans de plus que lui et se le figure toujours avec des filles.

— C'est lui qui a l'argent ?

— Je ne sais pas. Il est venu ce jour-là.

— Quel jour ?

— Le lundi que M. Louis a été tué.

— A quelle heure est-il allé rue d'Angoulême ?

— Vers cinq heures. Ils se sont enfermés dans la chambre de la patronne.

— Celle-ci n'est pas allée chez M. Louis ?

— C'est possible. Je n'ai pas fait attention. Il est parti après une heure environ. J'ai entendu claquer la porte.

— Elle n'a pas essayé de lui donner des nouvelles par une de vous ?

— Elle a pensé que nous serions suivies.

— Elle soupçonnait que le téléphone était branché sur la table d'écoute ?

— Elle a compris le coup de la pipe. Elle est maligne. Je ne l'aime pas particulièrement, mais c'est une pauvre femme. Elle est folle de lui. Elle en est malade.

Le petit Lapointe les trouva tranquillement attablés tous les deux.

— Qu'est-ce que tu prends ?

Lapointe osait à peine regarder la fille qui, elle, le détaillait en souriant.

— La même chose.

— Tu vas la conduire dans un hôtel tranquille où il y ait deux chambres communicantes. Tu ne la quitteras pas jusqu'à ce que je te fasse signe. Dès que tu seras installé, téléphone-moi pour me dire où tu es. Ce n'est pas la peine d'aller loin. Tu trouveras sans doute des chambres à l'*Hôtel Moderne,* en face. Il est préférable qu'elle ne voie personne et prenne ses repas dans l'appartement.

Quand elle sortit avec Lapointe, on aurait

dit, à les voir tous les deux, que c'était elle qui prenait possession de lui.

Cela dura encore deux jours. Quelqu'un — on ne sut jamais qui — avait dû avertir Félix, le barman de la rue de Douai, qui s'était planqué chez un ami, où on ne le découvrit que le lendemain soir.

Il fallut une bonne partie de la nuit pour lui faire avouer qu'il connaissait Marco et pour obtenir l'adresse de celui-ci.

Marco avait quitté Paris pour s'installer dans une auberge de pêcheurs à la ligne des bords de la Seine, où, à cette époque de l'année, il était le seul pensionnaire.

Avant d'être maîtrisé, il eut le temps de tirer deux coups de feu, qui n'atteignirent personne. Il portait les billets de banque volés à M. Louis dans une ceinture que Mariette Gibon avait dû coudre pour lui.

— C'est vous, Maigret ?

— Oui, monsieur le juge.

— Cette affaire Thouret ?

— Terminée. Je vous envoie l'assassin et sa complice tout à l'heure.

— Qui est-ce ? C'était bien un crime crapuleux ?

— Tout ce qu'il y a de plus crapuleux. Une tenancière de maison louche et son amant, un dur de Marseille. M. Louis a eu la naïveté de cacher son magot au-dessus de l'armoire à glace et...

— Qu'est-ce que vous dites ?...

— ... Il fallait bien l'empêcher de s'apercevoir que l'argent n'était plus là. Marco s'en est chargé. On a retrouvé le vendeur du couteau. Vous aurez mon rapport avant ce soir...

C'était le plus embêtant à faire. Maigret y travailla tout l'après-midi, la langue entre les lèvres, comme un écolier.

Le soir, il avait fini de dîner quand il se souvint d'Arlette et du petit Lapointe.

— Zut ! J'ai oublié quelque chose ! s'exclama-t-il.

— C'est grave ? questionna Mme Maigret.

— Je ne crois pas que ce soit trop grave. A l'heure qu'il est, autant attendre demain matin. On va dormir ?

Shadow Rock Farm, Lakeville (Connecticut),
19 septembre 1952.

Composition réalisée par JOUVE

IMPRIMÉ EN ALLEMAGNE PAR ELSNERDRUCK
Dépôt légal Édit. : 34698-06/2003
Édition 2
LIBRAIRIE GÉNÉRALE FRANÇAISE - 43, quai de Grenelle - 75015 Paris

ISBN : 2–253–14234–4 31/4234/6